宋本白氏文集

(唐)白居易 撰

第六册

國家圖書館出版社

第六册目録

卷三四 律詩

卷三五　律詩

卷三六　半格詩

卷三七　律詩

卷三八　詩賦

卷三九　銘贊箴謡偈

卷四〇　哀祭文

卷四一　碑碣

卷四二　墓誌銘

白氏文集卷第三十四

律詩　凡七十五首

司徒令公分守東洛移鎮北都一心勤王三月成政形容盛德實在歌詩況辱知音敢不先唱輒奉五言四十韻寄獻以抒下情

天上中台正人間一品高(中書令上應中台司徒官一品)休明値堯舜勳業過蕭曹始擅文三捷(進士及第博學制策連登三科)終兼武六韜動人名赫赫憂國意忉忉盪蔡擒封豕(吳元濟也)平齊斬巨鼇(李師道也)兩河收土宇四海定波濤寵重移宮籥(自東都留守授北京留守)恩新換閫旄保釐東宅靜(周公召公東治洛宅)守護北門牢晉國封疆闊并州士馬豪胡兵驚赤幟邊鴈避烏號令下流如水仁霑澤似膏路喧歌五袴軍醉感單醪將校森貔武賓僚儼雋髦客無煩夜柝吏不犯秋毫神在臺駘助魂亡獫狁逃德星銷彗孛霖雨滅腥臊烽戍高

臨代關河遠控洮汾雲晴漠漠朔吹冷颼颼豹尾交衙戟虯
鬚捧佩刀通天白犀帶照地紫麟袍羌管吹楊柳燕姬酌
蒲萄（蒲萄酒出太原）銀含鑿落盞金屑琵琶槽遥想從軍樂應忘
報國勞紫微留北闕（中書令即紫微令也）緑野寄東皐（緑野堂在東都午橋莊也）忽
憶前時會多慙下客叨清霄陪讌話美景從遊遨花月還同
賞琴詩雅自操朱絃拂宫徵洪筆振風騷近竹開方丈依林
架桔槔春池八九曲畫舫兩三艘逕滑苔粘屐潭深水没篙緑
絲縈岸柳紅粉映樓桃（皆午橋莊中佳境）爲穆先陳醴（居易每十齋日在會常蒙以二勤湯
代酒也）招劉共藉糟（劉夢得也）舞鬟金翡翠歌頸玉蠐螬盛德終
難退明時豈易遭公雖慕張范（張良范蠡）帝未捨伊臯眷戀心
方結踟蹰首已搔鸞凰上寥廓鷰雀住蓬蒿欲獻文狂簡
徒煩思鬱陶可憐四百字輕重抵鴻毛

和東川楊慕巢尚書府中獨坐感戚在懷見寄

十四韻 慕巢感戚虔州弟喪逝感已之榮戚有歸洛之意故叙而和之也

我是知君者君今意若何窮通時不定苦樂事相和東蜀歡殊渥西江歎逝波只緣榮貴極翻使感傷多行斷風驚鴈 慕巢及楊九楊十前年来兄弟三人各在一處 年侵日下坡片心休慘戚雙鬢已蹉跎紫綬黃金印青幢白玉珂老將榮補帖愁用道銷磨外府饒盃酒中堂有綺羅應須引滿飲何不放狂歌錦水通巴峽香山對洛河將軍馳鐵馬少傅步銅駞深契憐松竹高情憶薜蘿懸車年甚遠未敢放相過

分司洛中多暇數與諸客宴遊醉後狂吟偶成十韻因招夢得賓客兼呈思黯竒章公

性與時相遠身將世兩忘寄名朝士籍寓興少年塲老豈無談笑貧猶有酒漿隨時求伴侶逐日用風光數數遊何爽些些病未妨天教榮啓樂人恕接輿狂改業爲逋客移家住醉

鄉不論招夢得兼擬誘奇章要路風波險權門市井忙世間無可戀不是不思量

小歲日喜談氏外孫女孩滿月

今旦夫妻喜他人豈得知自嗟生女晚敢訝見孫遲物以稀爲貴情因老更慈新年逢吉日滿月乞名時（因名引珠）桂燎熏花果蘭湯洗玉肌懷中有可抱何必是男兒

閑吟贈皇甫郎中親家翁（新与皇甫結姻）

誰能嗟歎光陰暮豈復憂愁活計貧忽忽不知頭上事時時猶憶眼中人早爲良友非交勢晚接嘉姻不失親㝡喜兩家婚嫁畢一時抽得尚平身

夢得臥病攜酒相尋先以此寄

病來知少客誰可以爲娛日晏開門未秋寒有酒無自宜相慰問何必待招呼小疾無妨飲還須挈一壺

酬思黯戲贈（同用狂字）

鍾乳三千兩金釵十二行妬他心似火欺我鬢如霜（思黯自誇前後服鍾乳三千兩甚得力而歌舞之妓頗多來詩謔予羸老故戲荅之）慰老資歌笑銷愁仰（去声）酒漿眼看狂不得狂得且須狂

又戲荅絶句（來句云不是道公狂不得恨公逢我不教狂）

狂夫與我世相忘故態些些亦不妨縱酒放歌聊自樂接輿爭解教人狂

令狐相公與夢得交情素深眷予分亦不淺一聞薨逝相顧泫然旋有使來得前月未殁之前數日書及詩寄贈夢得哀吟悲歎寄情於詩詩成示予感而繼和

緘題重疊語慇勤存殁交親自此分前月使來猶理命今朝詩到是遺文銀鉤見晚書無報玉樹埋深哭不聞最感一行絶筆

字尚言千万樂天君令狐与夢得手札後云見樂天君為伸千万之誠也

洛下雪中頻與劉李二賓客宴集因寄汴州李尚書

水南水北雪紛紛雪裏歡遊莫猒頻日日暗來唯老病年年少去是交親碧氈帳暖梅花濕紅燎爐香竹葉春今日鄒枚俱在洛梁園置酒召何人

看夢得題答李侍郎詩詩中有文星之句因戲和之

看題錦繡報瓊環俱是人天第一才好遣文星守躔次亦須防有客星來

閑適

禄俸優饒官不卑就中閑適是分司風光暖助遊行處雨雪寒供飲宴時肥馬輕裘還粗有麁歌薄酒亦相隨微躬所要今皆得只是蹉跎得校遲

戲答思黯思黯有能箏者以此戲之

何時得見十三絃待取無雲有月天願得金波明似鏡鏡中照出月中仙

詶裴令公贈馬相戲 裴詩云君若有心求逸足我還留意在名姝蓋引妾換馬戲意亦有所屬也

安石風流無奈何欲將赤驥換青娥不辭便送東山去臨老何人與唱歌

新歲贈夢得

暮齒忽將及同心私自憐漸衰宜減食已喜更加年紫綬行聯袂籃轝出比肩與君同甲子歲酒合誰先

早春持齋荅皇甫十見贈

正月晴和風景新紛紛已有醉遊人帝城花笑長齋客二十年來負早春

戲贈夢得兼呈思黯

雙鬢莫欺今老矣 傳曰今老矣無能為也 一盃莫笑便陶然陳郎中處為

高戶裴使君前作少年（陳商郎中酒戶涓滴 裴洽使君年九十餘）顧我獨狂多自哂與君同病寂相憐月終齋滿誰開素須詎奇章置一筵

早春憶遊思黯南莊因寄長句

南莊勝處心常憶借問軒車早晚遊美景難忘竹廊下好風爭奈柳橋頭冰消見水多於地雪霽看山盡入樓若待春深始同賞鶯殘花落却堪愁

詶皇甫十早春對雪見贈

漠漠復雰雰東風散玉塵明催竹窓曉寒退柳園春綠醅香堪憶紅爐暖可親忍心三兩日莫作破齋人

奉和思黯自題南莊見示兼呈夢得

謝家別墅最新奇山展屏風花夾籬曉月漸沉橋腳底晨光初照屋梁時臺頭有酒鶯呼客水面無塵風洗池除却吟詩兩閑客此中情狀更誰知

送蘄春李十九使君赴郡

可憐官職好文詞五十專城未是遲曉日鐏前無白髮春風門外有紅旗郡中何處堪攜酒席上誰人解和詩唯共交親開口笑知君不及洛陽時

自題酒庫

野鶴一辭籠虛舟長任風送愁還閙處移老入閑中身更求何事天將富此翁此翁何處富酒庫不曾空劉仁軌詩云天將富此翁以一醉為富也

寒食日寄楊東川

不知楊六逢寒食作音佐底歡娛過此辰兜率寺高宜望月嘉陵江近好遊春蠻旗似火行隨馬蜀妓如花坐遶身不使黔婁夫婦看誇張富貴向何人

醉後聽唱桂華曲詩云遥知天上桂華孤試問常娥更有無月宮幸有閑田地何不中央種兩株此曲韻怨

切聽輒感人故云尓

桂華詞意苦丁寧唱到常娥醉便醒此是世間腸断曲莫教不得意人聽

詶夢得以予五月長齋延僧徒絶賓友見戲十韻

賔客懶逢迎翛然池館清簷閑空鸎語林靜未蟬鳴葷血還休食盃觴亦罷傾三春多放逸五月暫修行香印朝烟細紗燈夕焰明交遊諸長老師事古先生竺乾古先生也禪後心弥寂齋來體更輕不唯忘肉味兼擬滅風情蒙以聲聞待難將戲論爭虛空若有佛靈運恐先成

奉和裴令公三月上巳日遊太原龍泉憶去歲禊洛見示之作依来詠體雜言

去歲暮春上巳共泛洛水中流今歲暮春上巳獨立香山下頭時居易獨遊香山寺風光閑寂寂旌旆遠悠悠丞相府歸晉國太行山礙

并州鵰背負天龜曳尾雲泥不可得同遊

又和令公新開龍泉晉水二池

舊有潢污泊今爲白水塘（詩云方塘含白水）笙歌閒四面樓閣在中央春變烟波色晴添樹木光龍泉信爲美莫忘午橋莊

早夏曉興贈夢得

窻明簾薄透朝光臥整巾簪起下牀背壁燈殘經宿焰開箱衣帶隔年香無情亦任他春去不醉爭銷得日長一部清商一壷酒與君明日暖新堂

春日題乾元寺上方最高峯亭

危亭絕頂四無鄰見盡三千世界春但覺虛空無障礙不知高下幾由旬迴看官路三條線卻望都城一片塵賓客暫遊無半日王侯不到便終身始知天造空閑境不爲忙人富貴人

奉和思黯相公以李蘇州所寄太湖石奇狀絕倫因

題二十韻見示兼呈夢得

錯落復崔嵬蒼然玉一堆峯駢仙掌出罅圻劒門開峭頂高危矣盤根下壯哉精神欺竹樹氣色壓亭臺隱起磷磷狀凝成瑟瑟胚廉稜露鋒刃清越扣瓊瑰岌嶪形將動巍峩勢欲摧奇應潛鬼怪靈合蓄雲雷黛潤霑新雨斑明點古苔未曾棲鳥雀不肯染塵埃尖削琅玕筍窪剜馬瑙罍海神移碣石畫障簇天台在世爲尤物如人負逸才渡江一葦載入洛五丁推出處雖無意升沉亦有媒媒爲李蘇州拔從水府底置向相庭隈對稱吟詩句看宜把酒盃終隨金礪用不學玉山頹傳心偏愛園公眼屢迴共嗟無此分虛管太湖來居易與夢得俱典姑蘇而不獲此石

奉和思黯相公雨後林園四韻見示

新晴夏景好復此池邊地烱樹綠含滋水風清有味便成林下隱都堅門前事騎吏引歸軒始知身富貴

晚夏閑居絶無賓客欲尋夢得先寄此詩

魚筍朝飡飽蕉紗暑服輕欲爲窻下寢先傍水邊行晴引鶴雙舞秋生蟬一聲無人解相訪有酒共誰傾老更諳時事閑多見物情只應劉與白二叟自相迎

寄李蘄州

下車書奏龔黃課動筆詩傳鮑謝風江郡謳謡誇杜母洛城歡會憶車公笛愁春盡梅花裏簟冷秋生薤葉中（蘄州出好笛并薤葉簟）不道蘄州歌酒少使君難稱與誰同

憶江南詞三首（此曲亦名謝秋娘每首五句）

江南好風景舊曾諳日出江花紅勝火春來江水緑如藍能不憶江南

江南憶最憶是杭州山寺月中尋桂子郡亭枕上看潮頭何日更重遊

江南憶其次憶吳宮吳酒一盃春竹葉吳娃雙舞醉芙蓉早晚復相逢

詶思黯相公晚夏雨後感秋見贈

暮去朝來無歇期炎涼暗向雨中移夜長秖合愁人覺秋冷先應瘦客知兩幅彩牋揮逸翰一聲寒玉振清辭無憂無病身榮貴何故沉吟亦感時

久雨閑悶對酒偶吟

淒淒苦雨暗銅駞嫋嫋涼風起漕河自夏及秋晴日少從朝至暮悶時多鷺鷥臨池立窺魚笱隼傍林飛拂雀羅賴有一盃中神聖物百憂無奈十分何

雨後秋涼

夜來秋雨後秋氣颯然新團扇先辝手生衣不著身更添砧引思難與簟相親此境誰偏覺貧閑老瘦人

詶夢得早秋夜對月見寄
吾衰寡情趣君病懶經過其奈西樓上新秋明月何庭蕪淒白露池色澹金波況是初長夜東城砧杵多

題謝公東山障子
賢愚共在浮生內貴賤同趍群動間多見忙時巳衰病少聞健日肯休閑鷹飢受緤從難退鶴老乘軒亦不還唯有風流謝安石拂衣攜妓入東山

謝楊東川寄衣服
年年衰老交遊少處處蕭條書信稀唯有巢兄不相忘春茶未斷寄秋衣

詠懷寄皇甫朗之
老大多情足往還招僧待客夜開關學調氣後衰中健不用心來閑處閑養病未能辭薄俸忘名何必入深山與君別

有相知分同置身於木鴈間

東城晚歸

一條邛杖懸龜榼雙角吳童控馬銜晚入東城誰識我短靴低帽白蕉衫

與夢得沽酒閑飲且約後期

少時猶不憂生計老後誰能惜酒錢共把十千沽一斗相看七十欠三年閑徵雅令窮經史醉聽清吟勝管絃更待菊黃家醞熟共君一醉一陶然

與牛家妓樂雨夜合宴

玉管清絃聲旖旎翠釵紅袖坐參差兩家合奏洞房夜八月連陰秋雨時歌臉有情凝睇久舞腰無力轉裙遲人間歡樂無過此上界西方即不知

和楊六尚書喜兩弟漢公轉吳興魯士賜章服命

賓開宴用慶恩榮賦長句見示

華筵賀客日紛紛劒外歡娛洛下聞朱紱寵光新照地彤襜喜氣遠淩雲榮聯花蕚詩難和樂諧（洛音）助塤篪酒易醺感羨料應知我意今生此事不如君

自詠

鬚白面微紅醺醺半醉中百年隨手過萬事轉頭空卧疾瘦居士行歌狂老翁仍聞好事者將我畫屏風

夢得相過援琴命酒因彈秋思偶詠所懷兼寄繼之待價二相府

閑居靜侶偶相招小飲初酣琴欲調我正風前弄秋思君應天上聽雲韶（雲韶雅曲上多與宰相同聽之）時和始見陶鈞力物遂方知盛聖朝雙鳳栖梧魚在藻飛沉隨分各逍遙

九月八日詶皇甫十見贈

君方對酒綴詩章我正持齋坐道場處處追遊雖不去時時吟詠亦無妨霜蓬舊鬢三分白露菊新花一半黃惆悵東籬不同醉陶家明日是重陽

慕巢尚書書云室人欲爲買置一歌者非所安也以詩相報因而和之

東川已過二三春南國須求一兩人富貴大都多老大歡娛太半爲親賓如愁翠黛應堪重買笑黃金莫訴貧他日相逢一盃酒樽前還要落梁塵

杪秋獨夜

無限少年非我伴可憐清夜與誰同歡娛牢落中心少親故凋零四面空紅葉樹飄風起後白髮人立月明中前頭更有蕭條物老菊衰蘭三兩叢

憑李睦州訪徐凝山人凝即睦州之民也

郡守輕詩客鄉人薄釣翁解憐徐處士唯有李郎中

蘇州故吏

江南故吏別來久今日池邊識我無不獨使君頭似雪華亭鶴死白蓮枯蓮鶴皆蘇州同來

得楊湖州書頗誇撫民接賓縱酒題詩因以絶句戲之

豈獨愛民兼愛客不唯能飲又能文白蘋洲上春傳語柳使君輸楊使君

天宮閣秋晴晚望

洛城秋霽後梵閣暮登時此日風烟好今秋節候遲霞光紅泛灔樹影碧參差莫慮言歸晚牛家有宿期

酬夢得暮秋晴夜對月相憶

霽月光如練盈庭復滿池秋深無熱後夜淺未寒時露葉

園荒菊風枝落病梨相思懶相訪應是各年衰

同夢得和思黯見贈來詩中先敍三人同讌之歡
次有歎鬢髮漸衰嫌孫子催老之意因継妍唱
兼吟鄙懷

醉伴騰騰白與劉何朝何夕不同遊留連燈下明猶飲斷送樽前倒即休催老莫嫌孫稚長加年須喜鬢毛秋敎他伯道爭存活無子無孫亦白頭

聽歌

管妙絃清歌入雲老人合眼醉醺醺誠知不及當年聽猶覺聞時勝不聞

三年冬隨事鋪設小堂寢處稍似穩暖因念衰
病偶吟所懷

小宅非全陋中堂不甚卑聊堪會親族足以貯妻兒煖帳迎

冬設熅爐向夜施裘新青兎褐褥軟白猿皮似鹿眠深草如
雞宿穩枝逐身安枕席隨事有屛帷病致衰殘早貪營活
計遲由來蠶老後方是繭成時

初冬即事呈夢得

青氈帳煖喜微雪紅地爐深宜早寒走筆小詩能和否潑
醅新酒試嘗看僧來乞食因留宿客到開樽便共歡臨老
交親零落盡希君恕我取人寬

自罷河南已換七尹每一入府悵然舊遊因宿
內廳偶題西壁兼呈韋尹常侍

每入河南府依然似到家盃嘗七尹酒（七尹酒味不同備嘗之矣）樹看十
年花（即府中新菓園）且健須歡喜雖衰莫歎嗟迎門無故吏侍坐
有新娃暖閤謀宵宴寒庭放晚衙主人留宿定一任夕陽
斜

天寒晚起引酌詠懷寄許州王尚書汝州李常侍

葉覆冰池雪滿山日高慵起未開關寒來更亦無過醉老後何由可得閑四海故交唯許汝十年貧健是樊蠻相思莫忘櫻桃會一放狂歌一破顏櫻桃花時數与許汝二君歡會甚樂

四年春

柳梢黃嫩草芽新又入開成第四春近日放慵多不出少年嫌老可相親分司吉傅頻過舍致仕崔卿擬卜鄰時輩推遷年事到往還多是白頭人

白髮

白髮生來三十年而今鬚鬢盡皤然歌吟終日如狂叟衰疾多時似瘦仙八戒夜持香火印三元朝念蘂珠篇其餘便被春收拾不作閑遊即醉眠

追歡偶作

追歡逐樂少閑時補帖平生得事遲何處花開曾後看誰家酒熟不先知石樓月下吹蘆管金谷風前舞柳枝十聽春啼變鶯舌三嫌老醜換蛾眉樂天一過難知分猶自咨嗟兩鬢絲（蘆管柳枝已下皆十年來洛中之事）

公垂尚書以白馬見寄光潔穩善以詩謝之

翩翩白馬稱金羈領綴銀花尾曳絲毛色鮮明人盡愛性靈馴善主偏知免將妾換慙來處試使奴牽欲上時不蹶不驚行步穩最宜山簡醉中騎

西樓獨立

身著白衣頭似雪時時醉立小樓中路人迴顧應相怪十一年來見此翁

書事詠懷

官俸將生計雖貧豈敢嫌金多輸陸賈酒足勝陶潛（陶潛詩去）

（常嘗不足）酒床暖僧敷坐樓晴妓卷簾日遭齋破用（每月常掛十齋）春賴閏

加添（是年閏正月也）老向歡弥切狂於飲不廉十年閑未足亦恐涉（無猒）

詶夢得比萱草見贈（來篇云唯君比萱草相見可忘憂）

杜康能散悶萱草解忘憂借問萱逢杜何如白見劉老衰

勝少夭閑樂笑忙愁試問同年内何人得白頭

問皇甫十

苦樂心由我窮通命任他坐傾張翰酒行唱接輿歌榮盛傍

看好優閑自適多知君能斷事勝負兩如何

早春獨登天宮閣

天宮日暖閣門開獨上迎春飲一盃無限遊人遥怪我緣

何冣老冣先来

送蘇州李使君赴郡二絶句

憶拋印綬辭吴郡衰病當時已有餘今日賀君兼自喜八

迴看換舊銅魚予自罷蘇州茲換八刺史也及
館娃宮深春日長館娃宮今靈嵒寺也烏鵲橋高秋夜涼烏鵲橋在蘇州南門風月不
知人世變奉君直似奉吳王

長洲曲新詞

茂苑綺羅佳麗地女湖桃李艷陽時心奴已死胡容老後輩
風流是阿誰

白氏文集卷第三十四

白氏文集卷第三十五

律詩一百首

病中詩十五首 并序

開成己未歲余蒲柳之年六十有八冬十月甲寅旦始得風痺
之疾體瘰目眩左足不支蓋老病相乘時而至耳余早棲心釋

梵浪跡老莊因疾觀身果有所得何則外形骸而內忘憂恚先禪觀而後順醫治旬月以還厥疾少閒杜門高枕澹然安閑吟諷興來亦不能遏因成十五首題爲病中詩且貽所知兼用自廣昔劉公幹病漳浦謝康樂卧臨川咸有篇章抒詠其志今引而序之者慮不知我者或加誚焉

初病風

六十八衰翁乘衰百疾攻朽株難免蠹空穴易來風肘痺宜生柳頭旋劇轉蓬恬然不動處虛白在胸中

枕上作

風疾侵凌臨老頭血凝筋滯不調柔甘從此後支離卧賴是從前爛熳遊迴思往事紛如夢轉覺餘生杳若浮浩氣自能充靜室離騷何必蕩虛舟腹空先進松花酒膝冷重裝桂布裘若問樂天憂病否樂天知命了無憂

荅閑上人來問因何風疾

一床方丈向陽開勞動文殊問疾來欲界凡夫何足道四禪天始免風灾（色界四天初禪具三灾二禪無火灾三禪無水灾四禪無風灾）

病中五絶

世間生老病相隨此事心中久自知今日行年將七十猶須慙愧病來遲

方寸成灰鬢作絲假如強健亦何爲家無憂累身無事正是安閑好病時

李君墓上松應拱元相池頭竹盡枯多幸樂天今始病不知合要苦治無（李元皆予執友也杓直少予八歳卽世已九年微之少予七年薨已八年矣今予始病得非幸乎）

目昏思寝卽安眠足軟妨行便坐禪身作醫王心是藥不勞和扁到門前

交親不要苦相憂亦擬時時強出遊但有心情何用脚陸乗

肩輿水乘舟

送嵩客

登山臨水分無期泉石煙霞今屬誰君到嵩陽吟此句與教三十六峯知

罷灸

病身佛說將何喻變滅須臾豈不聞莫遣浮名知我笑休將火艾灸浮雲維摩經云是身如浮雲須臾變滅也

賣駱馬

五年花下醉騎行臨賣迴頭嘶一聲項籍顧騅猶解歎樂天別駱豈無情

別柳枝

兩枝楊柳小樓中嫋娜多年伴醉翁明日放歸歸去後世間應不要春風

就暖偶酌戲諸詩酒舊侶

低屏軟褥卧藤床舁向前軒就日陽一足任他爲外物三盃自要沃中腸頭風若見詩應愈齒折仍誇笑不妨細酌徐吟猶得在舊遊未必便相忘

歲暮呈思黯相公皇甫朗之及夢得尚書

歲暮皤然一老夫十分流輩九分無莫慊身病人扶侍猶勝無身可遣扶

自解

房傳往世爲禪客（世傳房太尉前生爲禪僧與婁師德友善慕其爲人故今生有婁之遺風也）王道前生應畫師（王右丞詩云宿世是詞客前身應畫師）我亦定中觀宿命多生債負是歌詩不然何故狂吟詠病後多於未病時（已上病中言五首）

歲暮病懷贈夢得（時與夢得同患足疾）

十年四海故交親零落唯殘兩病身共遣數奇從是命同教

步蹇有何因眼隨老減嫌長夜體待陽舒望早春新樂堂前舊池上相過亦不要他人

雪後過集賢裴令公舊宅

梁王捐館後枚叟過門時有淚人還泣無情雪不知臺亭留盡在賓客散何之唯有蕭條鴈時來下故池

詶夢得貧居詠懷見贈

歲陰生計兩蹉跎相顧悠悠醉且歌厨冷難留烏止屋（詩云瞻烏爰止于誰之屋言烏多止富家之屋也）門閑可與雀張羅病添莊舄吟聲苦貧欠韓康藥債多日望揮金賀新命（篇云若有金揮勝二疎）俸錢依舊又如何（時夢得罷賓客除秘監祿俸畧同故云）

詶夢得見喜疾瘳

暖卧摩綿褥寒傾藥酒螺昏昏布裘底病醉睡相和末疾徒云爾（傳云風淫末疾末謂四支）餘年有幾何須知差（初介反）與否相去校無多

夜聞箏中彈瀟湘送神曲感舊

縹緲巫山女歸來七八年殷勤湘水曲留在十三絃若調吟還出深情咽不傳萬重雲水思今夜月明前

感蘇州舊舫

畫梁朽折紅窗破獨立池邊盡日看守得蘇州船舫爛此身争合不衰殘

感舊石上字

閑撥船行尋舊池幽情往事復誰知太湖石上鐫三字十五年前陳結之

見敏中初到邠寧秋日登城樓詩詩中頗多鄉思因以寄和（從殿中侍御史出副邠寧）

想爾到邊頭蕭條正值秋二年貧御史八月古邠州絲管聞雖樂風沙見亦愁望鄉心若苦不用數登樓

齋戒

每因齋戒斷葷腥漸覺塵勞染愛輕六賊定知無氣色三尸應恨少恩情酒魔降伏終須盡詩債塡還亦欲平從此始堪為弟子竺乾師是古先生

戲禮經老僧

香火一爐燈一盞回頭夜禮佛名經何年飲著聲聞酒直到如今醉未醒

近見慕巢尚書詩中屢有歎老思退之意又於洛下新置郊居然寵寄方深歸心太速因以長句戲而諭之

近見詩中歎白鬚遙知閫外憶東都煙霞偷眼窺來久富貴粘身擺得無新置林園猶濩落未終婚嫁且踟躕應須待到懸車歲然可東歸伴老夫

對鏡偶吟贈張道士抱元

閑来對鏡自思量年貌衰残分所當白髪萬莖何所怪丹砂一粒不曽嘗眼昏久被書料理肺渇多因酒損傷今日逢師雖巳晩枕中治老有何方

病入新正

枕上驚新歳花前念舊歡是身老所逼非意病相干風月情猶在盃觴興又闌便休心未伏更試一春看

卧疾来早晩

卧疾来早晩懸懸將十旬婢能尋本草犬不吠醫人酒甕全生醭歌筵半委塵風光還欲好争向枕前春

强起迎春戯贈思黯

杖策人扶廢病身晴和強起一迎春他時蹇跛縱行得笑殺平原樓上人

夢得前所酬篇有錬盡美少年之句因思往事兼

詠令懷重以長句荅之

鍊盡少年成白首憶初相識到今朝昔饒春桂長先折今伴寒松寂後凋（昔登科第居先今同暮年洛下為老伴）生事縱貧猶可過風情雖老未全銷聲華寵命人皆得若箇如君歷七朝（夢得貞元中及今凡仕七朝也）

病後

故紗絳帳舊青氈藥酒醺醺引醉眠斗藪弊袍春晚後摩挲病脚日陽前行無筋力尋山水坐少精神聽管絃拋擲風光負寒食曽來未省似今年

老病相仍以詩自解

榮枯憂喜與彭殤都似人間戲一場蟲臂鼠肝猶不怪雞膚鶴髮復何傷昨因風發甘長往今遇陽和又小康（春暖來風痺稍退也）還似遠行裝束了遲迴且住亦何妨

皇甫郎中親家翁赴任絳州宴送出城贈別

慕賢入室交先定結援通家好復成新婦不嫌貧活計嬀孫同慰老心情洛橋歌酒今朝散絳路風煙幾日行欲識離羣相戀意為君扶病出都城

春暖

風痺宜和暖春來脚校輕鬭留花下立鶴引水邊行髮少嫌巾重顏衰訝鏡明不論親與故自亦昧平生

殘春晚起伴客笑談

掩戶下簾朝睡足一聲黃鳥報殘春披衣岸幘日高起兩角青衣扶老身策杖強行過里巷引盃閑酌伴親賓莫言病後妨談笑猶恐多於不病人

送唐州崔使君侍親赴任

連持使節歷專城獨賀崔侯最慶榮烏府一抛霜簡去朱輪四從板輿行（崔郎中從殿中連典四郡皆侍親赴任）發時正許沙鷗送到日方乘竹馬

迎唯慮郡齋賓友少數盃春酒共誰傾

春晚詠懐贈皇甫朗之

艷陽時節又蹉跎遲暮光陰復若何一歲中分春日少百年通計老時多多中更被愁牽引少處兼遭病折磨賴有銷憂治悶藥君家醲酎我狂歌

春盡日宴罷感事獨吟（開成五年三月三十日作）

五年三月今朝盡客散筵空獨掩扉病共樂天相伴住春隨樊子一時帰閑聽鶯語移時立思逐楊花觸處飛金帶縋腰衫委地年年衰瘦不勝衣

病中辱崔宣城長句見寄兼有觥綺之贈因以四韻揔而謝之

劉楨病發經春卧謝眺詩來盡日吟三道舊誇收片玉（昔予考制策崔君登科也）一章新喜獲雙金信題霞綺緘情重酒試銀觥表分深科第

門生滿霄漢歲寒少得似君心

前有別柳枝絕句夢得繼和云春盡絮飛留不得隨風好去落誰家又復戲荅

柳老春深日又斜任他飛向別人家誰能更學孩童戲尋逐春風捉柳花

池上早夏

水積春塘晚陰交夏木繁舟船如野渡籬落似江村静拂琴牀席香開酒庫門慵閑無一事時弄小嬌孫

談氏外孫生三日喜是男偶吟成篇兼戲呈夢得

玉牙珠顆小男兒羅薦蘭湯浴罷時芣苢春來盈女手梧桐老去長孫枝慶傳媒氏鷰先賀喜報談家烏預知明日貧翁具雞黍應須酬賽引雛詩（前年談氏外孫女初生夢得有賀詩云從此引鴛雛今幸是男前言似有徵故云）

開成大行皇帝挽歌詞四首奉勑撰進

御宇恢皇化傳家叶至公華夷臣妾内堯舜弟兄中制度移
氓俗文章變國風開成與貞觀實錄事多同

又

晏駕辭雙闕靈儀出九衢上雲歸碧落下席葬蒼梧蓂晚餘
堯曆龜新啓夏圖三朝聯棣蕚從古帝王無

又

嚴恭七月禮哀慟萬人心地感勝秋氣天愁結夕陰鼎湖龍
漸遠濛汜日初沉唯有雲韶樂長留治世音

又

化成同軌表清平恩結連枝感聖明帝與九齡雖吉夢山呼
萬歲是虛聲月低儀仗辭蘭路風引笳簫入栢城老病龍髯
攀不及東周退傳㝡傷情

時熱少見客因詠所懷

冠櫛心多嬾逢迎興漸微況當時熱甚幸遇客來稀濕洒池邊地涼開竹下扉露牀青篾簟風架白蕉衣院靜留僧宿樓空放妓歸衰殘强歡宴此事久知非

宣州崔大夫閣老忽以近詩數十首見示吟諷之下竊有所喜因成長句寄贈郡齋

謝玄暉歿吟聲寢郡閣寥寥筆硯閑無復新詩題壁上虛教遠岫列窻間（謝宣城郡内詩云窻中列遠岫）忽驚歌雪今朝至必恐文星昨夜還再喜宣城章句動飛觴遥賀敬亭山（謝又有題敬亭山詩並見文選中）

足疾

足疾無加亦不瘳綿春歷夏復經秋開顏且酌樽中酒代步多乘池上舟幸有眼前衣食在兼無身後子孫憂應須學取陶彭澤但委心形任去留

池晚汎舟遇景成詠贈呂處士

岸淺槗平池面寛飄然輕棹汎澄瀾風宜扇引開懐入樹愛舟行仰卧看别（悲列反）境客稀知不易能詩人少詠應難唯憐呂叟時相伴同把磻溪舊釣竿

夢微之

夜來携手夢同遊晨起盈巾涙莫收漳浦老身三度病咸陽宿草八迴秋君埋泉下泥銷骨我寄人間雪滿頭阿衛韓郎相次去夜臺茫昧得知不（阿衛微之小男韓郎微之愛婿）

感秋詠意

炎涼遷次速如飛又脱生衣著熟衣遶壁暗蛩無限思戀巢寒燕未能歸須知流輩年年失莫歎衰容日日非舊語相傳聊自慰世間七十老人稀

老病幽獨偶吟所懐

眼漸昏昏耳漸聾滿頭霜雪半身風已將心出浮雲外（維摩經云是身

如浮雲也猶寄形於逆旅中觴詠罷來賓閣閉笙歌散後妓房空世
緣俗念消除盡別是人間清淨翁

和楊尚書罷相後夏日遊永安水亭兼招本曹楊
侍郎同行

道行無喜退無憂舒卷如雲得自由良冶動時為哲匠巨川
濟了作虛舟竹亭陰合偏宜夏水檻風涼不待秋遙愛翩翩
雙紫鳳入同官署出同遊

在家出家

衣食支分婚嫁畢從今家事不相仍夜眠身是投林鳥朝飯
心同乞食僧清唳數聲松下鶴寒光一點竹間燈中宵入定
跏趺坐女喚妻呼多不應

夜涼

露白風清庭戶涼老人先着夾衣裳舞腰歌袖拋何處唯對

無絃琴一張

繼之尚書自余病来寄遺非一又蒙覽醉吟先生傳題詩以美之今以此篇用伸詶謝

衰残與世日相疎惠好唯君分有餘茶藥贈多因病乆衣裳寄早乃寒初（所寄贈之物皆及時）交情鄭重金相似詩韻清鏘玉不如醉傳狂言人盡笑獨知我者是尚書

五年秋病後獨宿香山寺三絶句

經年不到龍門寺今夜何人知我情還向暢師房裏宿新秋月色舊灘聲

飲徒歌伴今何在雨散雲飛盡不迴從此香山風月夜秖應長是一身來

石盆泉畔石樓頭十二年来晝夜遊更過今年年七十假如無病亦宜休

題香山新經堂招僧

煙滿秋堂月滿庭香花漠漠磬泠泠誰能來此尋真諦白老新開一藏經

偶題鄧公 公即給事中珽之子也飢窮老病退居此村

偶因携酒尋村客聊復迴車訪薜蘿且值雪寒相慰問不妨春暖更經過翁居山下年空老我得人間事校多一種共翁頭似雪翁無衣食又如何

早入皇城贈王留守僕射

津橋殘月曉沉沉風露凄清禁署深城柳宮槐謾搖落悲愁不到貴人心

寄題廬山舊草堂兼呈二林寺道侶

三十年前草堂主而今雖在鬢如絲登山尋水應無力不似江州司馬時漸伏酒魔休放醉猶殘口業未拋詩君行過到

鑪峯下為報東林長老知此詩憑錢知進侍御往題草堂中也

改業

先生老去飲無興居士病來閑有餘猶覺醉吟多放逸不如禪坐更清虛予先有醉吟先生傳今故云栢枝紫袖教丸藥羯鼓蒼頭遣種蔬郤被山僧相戲問一時改業意何如

山下留别佛光和尚

勞師送我下山行此别何人識此情我已七旬師九十當知後會在他生

山中五絶句遊嵩陽見五物各有所感感興不同隨興而吟因成五絶

嶺上雲

嶺上白雲朝未散田中青麥旱將枯自生自滅成何事能逐東風作雨無

石上苔

漠漠班班石上苔幽房静綠絶纖埃路傍凡草榮遭遇曾得七香車輾來

林下樗

香檀文桂苦雕鐫生理何曾得自全知有無材老樗否一枝不損盡天年

澗中魚

海水桑田欲變時風濤翻覆沸天池鯨呑蛟鬬波成血深澗游魚樂不知

洞中蝙蝠

千年鼠化白蝙蝠黑洞深藏避網羅遠害全身誠得計一生幽暗又如何

自戲三絶句 閑卧獨吟無人詶和聊假身心相戲往復偶成三章

心問身

心問身云何泰然嚴冬暖被日高眠放君快活知恩否不早朝來十一年

身報心

心是身王身是宮君今居在我宮中是君家舍君須愛何事論恩自說功

心重荅身

因我疎慵休罷早遣君安樂歲時多世間老苦人何限不放君閑奈我何

會昌元年春五絶句

病後喜過劉家

忽憶前年初病後此生甘分不銜盃誰能料得今春事又向劉家飲酒来

贈舉之僕射 今春與僕射三為寒食之會

雞毬錫粥屢開筵談笑謳吟間管絃一月三迴寒食會春光應不負今年

盧尹賀夢得會中作

病聞川守賀筵開起伴尚書飲一盃任意少年長笑我老人自覔老人來

題朗之槐亭

春風可惜無多日家醖唯殘軟半缾猶望君歸同一醉籃舁早晚入槐亭

勸夢得酒

誰人功盡麒麟閣酒客新投魑魅鄉兩處榮枯君莫問殘春更醉兩三場

過裴令公宅二絶句（裴令公在日常同聽楊柳枝歌每遇雪天無非招宴二物如故因成感情）

風吹楊柳出墻枝憶得同歡共醉時每到集賢坊北過不曾

一度不低眉

梁王舊館雪濛濛愁殺鄒枚二老翁（此句兼屬夢得）假使明朝深一尺
亦無人到兔園中

百日假滿少傅官停自喜言懷

長告今朝滿十旬從茲蕭灑便終身老嫌手重抛牙笏病喜
頭輕換角巾疎傅不朝懸組綬尚平無累畢婚姻人言世事
何時了我是人間事了人

旱熱

畏景又加旱火雲殊未收籬喧飢有雀池涸渴無鷗岸幘頭
仍痛褰裳汗亦流若為當此日遷客向炎洲（時楊李二相各貶潮陽）

題崔少尹上林坊新居

坊靜深居新且幽忽疑縮地到滄洲宅東籬缺高峯出堂後
門開洛水流高下三層盤野徑沿洄十里汎漁舟若能為客

烹雞黍願伴田蘇日日遊

新澗亭

煙蘿初合澗新開閑上西亭日幾迴老病歸山應未得且移泉石就身來

對酒有懷寄李十九郎中

往年江外拋桃葉（結之也）去歲樓中別柳枝（樊蠻也）寂寞春來一盃酒此情唯有李君知吟君舊句情難忘風月何時是盡時（李君嘗有悼故妓詩云直應人世無風月恰是心中忘卻時今故云）

楊六尚書頻寄新詩詩中多有思閑相就之志因書鄙意報而論之

君年殊未及懸車未合將閑逐老夫身健正宜金印綬位高方稱白髭鬚若論塵事何由了但問雲心自在無進退是非俱是夢丘中闌下亦何殊

偶吟自慰兼呈夢得（子與夢得甲子同今俱七十）

且喜同年滿七旬莫嫌衰病莫嫌貧已爲海内有名客又占世間長命人耳裏聲聞新將相眼前失盡故交親尊榮富壽難兼得閑坐思量㝡要身

寄潮州繼之

相府潮陽俱夢中夢中何者是窮通他時事過方應悟不獨榮空辱亦空

雪暮偶與夢得同致仕裴賓客王尚書

黃昬慘慘雪霏霏白首相歡醉不歸四箇老人三百歲（裴年九十餘王八十餘予與夢得俱七十合三百餘歲可謂希有之會也）人間此會亦應稀

雪朝乘興欲詣李司徒留守先以五韻戲之

夜寒生酒思曉雪引詩情熱飲一兩盞冷吟三五聲鋪花憐地凍銷玉畏天晴好拂烏巾出宜披鶴氅行梁園應有興無

不召鄒生

贈思黯（前以履道新小灘詩寄思黯報章云請向歸仁砌下看思黯歸仁宅亦有小灘）

爲憐清淺受潺湲一日三迴到水邉若道歸仁灘更好主人何故別三年

聽歌六絶句

聽都子歌（詞云試問常娥更要無）

都子新歌有性靈一聲格轉已堪聽更聽唱到常娥字猶有樊家舊典刑

樂世（一名六幺）

管急絃繁拍漸稠綠腰宛轉曲終頭誠知樂世聲聲樂老病人聽未免愁

水調（第五遍乃五言調調韻最切）

五言一遍最殷勤調少情多似有因不會當時翻曲意此聲

腸斷爲何人

想夫憐王維右丞詞云秦川一半夕陽開此句尤佳

玉管朱絃莫急催容聽歌送十分盃長愛夫憐第二句請君重唱夕陽開

何滿子開元中滄州有歌者何滿子臨刑進此曲以贖死上竟不免

世傳滿子是人名臨就刑時曲始成一曲四詞歌八疊從頭便是斷腸聲

離别難詞

緑楊陌上送行人馬去車迴一望塵不覺别時紅淚盡歸來無可可可紇反霑巾

閑樂

坐安卧穩轝平肩倚杖披衫遶四邊空腹三盃卯後酒曲肱一覺醉中眠更無忺苦吟閑樂恐是人間自在天

白氏文集卷第三十五

白氏文集卷第三十六

半格詩 律詩附凡九十五首

立秋夕凉風忽至炎暑稍消卽事詠懷寄汴州節度使李二十尚書

嫋嫋簷樹動好風西南来紅釭霏微滅碧幌飄飖開披襟有餘涼拂簟無纖埃但喜煩暑退不惜光陰催河秋稍清淺月午方徘徊或行或坐臥體適心悠哉美人在浚都旌旗繞樓臺雖非滄溟阻難見如蓬萊蟬迎節又換鴈送書未迴君位日寵重我年日摧頹無因風月下一舉平生盃

開成二年夏聞新蟬贈夢得 十年来常與夢得索居同在洛下每聞蟬多有寄荅今喜一篇唱之

十載與君別常感新蟬鳴今年共君聽同在洛陽城噪處知林靜聞時覺景清涼風忽嫋嫋秋思先秋生殘槿花邊立老槐陰下行雖無索居恨還動長年情且喜未聾耳年年聞此聲

題牛相公歸仁里宅新成小灘

平生見流水見此轉留連況此朱門內君家新引泉伊流決一帶洛石砌千拳與君三伏月滿耳作潺湲深處碧磷磷淺處清濺濺碕岸束鳴咽沙汀散淪漣翻浪雪不盡澄波空共鮮兩崖灩澦口一泊瀟湘　作天南客漂流六七年何山不倚杖何水不停船巴峽聲心裏松江色眼前今朝小灘上能不思悠然

春日閑居三首

陶云愛吾廬吾亦愛吾屋屋中有琴書聊以慰幽獨是時三

月半花落庭蕪緑舍上晨鳩鳴窻間春睡足睡足起閑坐景晏方櫛沐今日非十齋庖童饋魚肉飢來恣飡歠冷熱隨所欲飽竟快搔爬筋骸無檢束豈徒暢支體兼欲遺耳目便可傲松喬何假盃中淥

又

廣池春水平羣魚恣游泳新林緑陰成衆鳥欣相鳴叶韻時我亦蕭洒適無累與病魚鳥人則殊同歸於遂性緬思山梁雉時哉感孔聖聖人不得所慨然歎時命我今對鱗羽取樂成謡詠得所仍得時吾生一何幸

又

勞者不覺歌歌其勞苦事逸者不覺歌歌其逸樂意問我逸如何閑居多興味問我樂如何閑官少憂累又問俸厚薄百千隨月至又問年幾何七十行欠二所得皆過望省躬良可

媿馬閑無羈絆鶴老有禄位設自爲化工優饒只如是安得
不歌詠默默受天賜

小閣閑坐

閣前竹蕭蕭閣下水潺潺拂簟捲簾坐清風生其間静聞新
蟬鳴遠見飛鳥還但有巾掛壁而無客叩關二疎返故里四
老歸舊山吾亦適所願求閑而得閑

遊平泉宴浥澗宿香山石樓贈座客

逸少集蘭亭季倫宴金谷金谷太繁華蘭亭闕絲竹何如今
日會浥澗平泉曲盃酒與管絃貧中隨分足紫鮮林笋嫩紅
潤園桃熟採摘助盤筵芳滋盈口腹閑吟暮雲碧醉藉春草
緑舞妙艷流風歌清叩寒玉古詩惜晝短勸我令秉燭是夜
勿言歸相攜石樓宿

池上幽境

裊裊過水橋微微入林路幽境深誰知老身閑獨步行行何所愛遇物自成趣平滑青盤石低密綠陰樹石上一素琴樹下雙草屨此是榮先生坐禪三樂處

夏日閑放

時暑不出門亦無賓客至靜室深下簾小庭新掃地褰裳復岸幘閑傲得自恣朝景枕簟清乘凉一覺睡午飡何所有魚肉一兩味夏服亦無多蕉紗三五事資身既給足長(音丈)物徒煩費若比簞瓢人吾今太富貴

和思黯居守獨飲偶醉見示六韻時夢得和篇先成頗爲麗絶因添兩韻繼而美之

宮漏滴漸闌城烏啼復歇此時若不醉爭奈千門月主人中夜起妓燭前羅列歌袂默收聲舞鬟低赴節絃吟玉柱品酒透金盃熱朱顏忽已酡清奏猶未闋妍詞黯先唱逸韻劉繼

發鏗然雙雅音金石相磨戛

和夢得洛中早春見贈七韻

衆皆賞春色君獨憐春意春意竟如何老夫知此味燭餘減夜漏衾暖添朝睡恬和臺上風虛潤池邉地開遲花養艶語懶鸎含思似訝隔年齋如勸迎春醉何日同宴遊心期二月二此日出齋故云

櫻桃花下有感而作開成三年春季美周賓客南池者

藹藹美周宅櫻繁春日斜一為洛下客十見池上花爛熳豈無意為君占年華風光饒此樹歌舞勝諸家失盡白頭伴長成紅粉娃停盃兩相顧堪喜且堪嗟白頭伴紅粉娃皆有所屬

洗竹

布裘寒擁頸氈履温承足獨立氷池前久看洗霜竹先除老且病次去纖而曲剪弃猶可憐琅玕十餘束青青復籊籊頗

異凡草木依然若有情迴頭語僮僕小者截魚竿大者編茅屋勿作篲與箕而令糞土辱

新沐浴

形適外無恙心恬內無憂夜來新沐浴肌髮舒且柔寬裁夾烏帽厚絮長白裘裘温裹我足帽暖覆我頭先進酒一盃次舉粥一甌半酣半飽時四體春悠悠是月歲陰暮慘冽天地愁白日冷無光黃河凍不流何處征戍行何人羇旅遊窮途絕粮客寒獄無燈囚勞生彼何苦遂性我何優撫心但自愧孰知其所由

三年除夜

晰晰燎火光氳氳臘酒香嗤嗤童稚戲迢迢歲夜長堂上書帳前長幼合成行以我年㝡長次第來稱觴七十期漸近萬緣心已忘不唯少歡樂兼亦無悲傷素屏應居士青衣侍盃

光夫妻老相對各坐一繩床顧虎頭畫維摩居士圖白衣素屏也

自題小園

不鬬門館華不鬬林園大但鬬爲主人一坐十餘載迴看甲乙第列在都城内素垣夾朱門藹藹遥相對主人安在哉富貴去不迴池乃爲魚鑿林乃爲禽栽何如小園主拄杖閑即來親賓有時會琴酒連夜開以此聊自足不羨大池臺

病中宴坐

有酒病不飲有詩慵不吟頭眩平罷垂釣手痺休援琴竟日悄無事所居閑且深外安支離體中養希夷心窓戶納秋景竹木澄夕陰宴坐小池畔清風時動襟

戒藥

促促急景中蠢蠢微塵裏生涯有分限愛戀無終已早夭羨中年中年羨暮齒暮齒又貪生服食求不死朝吞太陽精夕

吸秋石髓徼福反成灾藥誤者多矣以之資嗜慾又望延甲子天人陰隲間亦恐無此理域中有真道所説不如此後身始身存吾聞諸老氏

贈夢得

前日君來飲昨日王家宴今日過我廬三日三會面當歌聊自放對酒交相勸為我盡二盃與君發三願一願世清平二願身强健三願臨老頭數與君相見

逸老 莊子云勞我以生逸我以老息我以死也

白日下駸駸青天高浩浩人生在其中適時卽為好勞我以少壯息我以衰老順之多吉壽違之或凶夭我初五十八息老雖非早一閑十三年所得亦不少況加禄仕後衣食常温飽又從風疾來女嫁男婚了胷中一無事浩氣凝襟抱飄若雲信風樂於魚在藻桑榆坐已暮鐘漏行將曉皤然七十翁

亦足稱壽考筋骸本非實一束芭蕉草眷屬偶相依一夕同棲鳥去何有顧戀住亦無憂惱生死尚復然其餘安足道是故臨老心寘然合玄造

遇物感興因示子弟

聖擇狂夫言俗信老人語我有老狂詞聽之吾語汝吾觀器用中劍鋭鋒多傷吾觀形骸內勁骨齒先亡寄言處世者不可若剛強龜性愚且善鳩心鈍無惡人賤拾支床鶻欺擒暖脚寄言立身者不得全柔弱彼因羅禍難此未免憂患（平聲）于何保終吉強弱剛柔間上遵周孔訓旁鑒老莊言不唯鞭其後亦要輒其先

首夏南池獨酌

春盡雜英歇夏初芳草深薰風自南至吹我池上林綠蘋散還合頳鯉跳復沉新葉有佳色殘鶯猶好音依然謝家物池

酌對風琴慙無康樂作秉筆思沉吟境勝才思劣詩成不稱
心

官俸初罷親故見憂以詩諭之

七年為少傅品高俸不薄乗軒已多慙況是一病鶴又及懸車歲筋力轉衰弱豈以貧是憂尚為名所縛今春始病免纓組初擺落蜩甲有何知雲心無所著圖中殘舊穀可備歲飢惡園中多新蔬未至食藜藿不求安師卜不問陳生藥但對丘中琴時聞池上酌信風舟不繫掉尾魚方樂親友不我知而憂我寂寞安與陳皆洛中藝術精者

閑居偶吟招鄭世子皇甫郎中

自哂此迂叟少迂老更迂家計一不問園林聊自娛竹間琴一張池上酒一壺更無俗物到但與秋光俱古石蒼錯落新泉碧縈紆焉用車馬客卽此是吾徒猶有所思人各在城一

隅杳然愛不見搔首方踟躕玄晏風韻遠子真雲貌孤誠知厭朝市何必憶江湖能來小澗上一聽潺湲無

亭西墻下伊渠水中置石激流潺湲成韻頗有幽趣以詩記之

嵌巉嵩石峭皎潔伊流清立爲遠峯勢激作寒玉聲夾岸羅密樹面灘開小亭忽疑嚴子瀨流入洛陽城是時羣動息風靜微月明高枕夜悄悄滿耳秋泠泠終日臨大道何人知此情此情苟自愜亦不要人聽

閑題家池寄王屋張道士

有石白磷磷有水清潺潺有叟頭似雪婆娑乎其間進不趨要路退不入深山深山太濩落要路多險艱不如家池上樂逸無憂患有食適吾口有酒酡吾顔恍惚遊醉鄉希夷造玄關五千言下悟十二年來閑富者我不顧貴者我不攀唯有

天壇子時來一往還

李盧二中丞各創山居俱誇勝絕然去城稍遠來往頗勞弊居新泉實在宇下偶題十五韻聊戲二君

龍門蒼石壁(李所有也)浥澗碧潭水(盧所有也)各在一山隅迢迢幾十里清鏡碧屏風惜哉信為美愛而不得見亦與無相似聞君每来去矻矻事行李脂轄復裹粮心力頗勞止未如吾舍下石與泉甚邇鑿鑿復濺濺晝夜流不已洛石千萬拳襯波鋪錦綺海珉一兩片激瀨含宮徵緑宜春濯足淨可朝漱齒遶砌紫鱗遊拂簾白鳥起何言履道叟便是滄浪子君若趂歸程請君先到此願以潺湲聲洗君塵土耳

北窗竹石

一片瑟瑟石數竿青青竹向我如有情依然看不足況臨北

簷下復近西塘曲筠風散餘清苔雨含微緑有妻亦衰老無
子方煢獨莫掩夜窻扉共渠相伴宿

飲後戲示弟子

吾爲爾先生爾爲吾弟子孔門有遺訓復坐吾告爾先生饌
酒食弟子服勞止孝敬不在他在兹而已矣欲我少愁憂欲
我多歡喜無如醖好酒酒須多且旨旨即賔可留多即豐不
耻吾更有一言爾宜聽入耳入老多憂貧人病多憂死我今
雖老病所憂不在此憂在半酣時樽空座客起

閑坐看書貽諸少年

雨砌長寒蕪風庭落秋果窻間有閑叟盡日看書坐書中見
往事歷歷知福禍多取終厚亡疾驅必先墮勸君少干名名
爲錮身鏁勸君少求利利是焚身火我心知已久吾道無不
可所以雀羅門不能寂寞我

夢上山 時足疾未平

夜夢上嵩山獨携藜杖出千巖與萬壑遊覽皆周畢夢中足不病健似少年日既悟神返初依然舊形質始知形神內形病神無疾形神兩是幻夢寐俱非實晝行雖蹇澁夜步頗安逸晝夜既平分其間何得失

對酒閑吟贈同老者

人生七十稀我年幸過之遠行將路盡春夢欲覺時家事口不問世名心不思老既不足歎病亦不能治扶侍仰婢僕將養信妻兒飢飽進退食寒暄加減衣聲妓放鄭衛裘馬脫輕肥百事盡除去尚餘酒與詩興來吟一篇吟罷酒一巵不獨適情性兼用扶衰羸雲液洒六腑陽和生四肢於中我自樂此外吾不知寄問同老者捨此將安歸莫學蓬心叟胷心殘是非

晚起閑行

皤然一老子擁裘仍隐几坐稳夜忘眠卧安朝不起起來無可作閑目時叩齒静對銅爐香暖漱銀瓶水午齋何儉挈餅與蔬而已西寺講楞伽閑行一随喜

香山居士寫真詩并序

元和五年予為左拾遺翰林學士奉詔寫真於集賢殿御書院時年三十七會昌二年罷太子少傅為白衣居士又寫真於香山寺藏經堂時年七十一前後相望殆將三紀觀今照昔慨然自歎者久之形容非一世事幾變因題六十字以寫所懷

昔作少學士圖形入集賢今為老居士寫貌寄香山鶴毳變玄髮雞膚換朱顏前形與後貌相去三十年勿歎韶華子俄成婆叟仙請看東海水亦變作桑田

二年三月五日齋畢開素當食偶吟贈妻弘農郡君

睡足支體暢晨起開中堂初旭泛簾幕微風拂衣裳二婢扶盥櫛雙童舁簟床庭東有茂樹其下多陰涼前月事齋戒昨日散道場以我久蔬素加籩仍異粮魴鱗白如雪蒸炙加桂薑稻飯紅似花調沃新酪漿佐以醽醁味間之椒薤芳老憐口尚美病喜鼻聞香嬌騃三四孫索哺遶我傍山妻未舉案饞叟已先嘗憶同牢卺初家貧共糟糠今食且如此何必烹猪羊况觀姻族間夫妻半存亡偕老不易得白頭何足傷食罷酒一盃醉飽吟又狂緬想梁高士樂道喜文章徒誇五噫作不解贈孟光

不出門

弥月不出門永日無來賓食飽更拂床睡覺一嚬伸輕箑白鳥羽新簟青箭筠方寸方丈室空然兩無塵披衣腰不帶

散髮頭不巾袒跣北窻下葛天之遺民一日亦自足況得以終身
不知天壤內目我爲何人

感舊 并序

故李侍郎杓直長慶元年春薨元相公微之大和六年秋薨崔侍郎晦叔大和七年夏薨劉尚書夢得會昌二年秋薨四君子予之執友也二十年間凋零共盡唯予衰病至今獨存因詠悲懷題爲感舊

晦叔墳荒草已陳夢得墓濕土猶新微之捐館將一紀杓直歸丘二十春城中雖有故第宅庭蕪園廢生荆榛篋中亦有舊書札紙穿字蠹成灰塵平生定交取人窄屈指相知唯五人四人先去我在後一枝蒲柳衰殘身豈無晚歲新相識相識面親心不親人生莫羨苦長命命長感舊多悲辛

送毛仙翁 江州司馬時作

仙翁已得道混迹尋巖泉肌膚冰雪瑩衣服雲霞鮮紺髮絲並緻齠容花共妍方瞳點玄漆高步凌非烟幾見桑海變莫知龜鶴年所憩九清外所遊五岳巓軒昊舊爲侶松喬難比肩每嗟人世人役役如狂顛孰能脫羈鞅盡遭名利牽貌隨歲律換神逐光陰遷惟余負憂譴憔悴溢江壖衰鬢忽霜白愁腸如火煎羈旅坐多感徘徊私自憐晴眺五老峯玉洞多神仙何當憫湮厄授道安虛孱我師惠然來論道窮重玄浩蕩八溟闊志泰心超然形骸既無束得喪亦都捐豈識椿菌異那知鵬鷃懸丹華既相付促景定當延玄功曷可報感極惟勤拳霓旌不肯駐又歸武夷川語罷倏然別孤鶴昇遥天賦詩敘明德永續步虛篇

達哉樂天行

達哉達哉白樂天分司東都十三年七旬纔滿冠已挂半祿未

及車先懸或伴遊客春行樂或隨山僧夜坐禪二年忘卻問家事門庭多草廚少烟庖童朝告鹽米盡侍婢暮訴衣裳穿妻孥不悅甥姪悶而我醉臥方陶然起來與爾畫生計薄產處置有後先先賣南坊十畝園次賣東郭五頃田然後兼賣所居宅髣髴獲緡二三千半與爾充衣食費半與吾供酒肉錢吾今已年七十一眼昏鬚白頭風眩（平）但恐此錢用不盡即先朝露歸夜泉未歸且住亦不惡飢飡樂飲安穩眠死生無可無不可達哉達哉白樂天

春池閑汎（已下律詩）

綠塘新水平紅檻小舟輕解纜隨風去開襟信意行淺憐清瀨漾深愛綠澄泓白撲柳飛絮紅浮桃落英古文科斗出新葉翦刀生樹集鸎朋友雲行鴈弟兄飛沉皆適性酣詠自怡情花助銀盃器松添玉軫聲魚跳何事樂鷗起復誰驚莫

唱滄浪曲無塵可濯纓

池上寓興二絕

濠梁莊惠謾相爭未必人情知物情獺捕魚來魚躍出此非魚樂是魚驚

水淺魚稀白鷺飢勞心瞪目待魚時外容閑暇中心苦似是而非誰得知

宴後題府中水堂贈盧尹中丞（昔予爲尹日創造之）

水齋歲久漸荒蕪自愧甘棠無一株新酒客來方宴飲舊堂主在重歡娛莫言楊柳枝空老（府妓有歌楊柳枝曲者因以名焉）直至櫻桃樹已枯（府西有櫻桃廳因樹爲名今樹亦枯也）從我到君十一尹相看自置府來無（自予罷後至中丞九十一尹也）

和敏中洛下即事（時敏中爲殿中分司）

昨日池塘春草生阿連新有好詩成花園到處鶯呼入驄

馬遊時客避行水暖魚多似南國人稀塵少勝西京洛中佳境應無限若欲諳知問老兄

送敏中新授戶部員外郎西歸

千里歸程三伏天官新身健馬翩翩行衝赤日加飡飯上到青雲穩著鞭長慶老郎唯我在客曹故事望君傳前鴻後鴈行難續相去迢迢二十年長慶初予爲主客郎中知制誥遷中書舍人去今二十一年也

南侍御以石相贈助成水聲因以絕句謝之

泉石磷磷聲似琴閑眠靜聽洗塵心莫輕兩片青苔石一夜潺湲直萬金

閑居自題戲招宿客

水畔竹林邊閑居二十年健常攜酒出病即掩門眠解綬收朝珮褰裳出野船屏除身外物擺落世間緣報曙窗何早知秋簟宜先微風深樹裏斜日小樓前渠口添新石籬根寫

亂泉欲招同宿客誰解愛潺湲（西亭檣下泉石有聲）

李留守相公見過池上汎舟舉酒話及翰林舊事

因成四韻以獻之

引棹尋池岸移樽就菊叢何言濟川後相訪釣船中白首故情在青雲往事空同時六學士五相一漁翁

閏九月九日獨飲

黃花叢畔綠樽前猶有些些舊管絃偶遇閏秋重九日東籬獨酌一陶然自從九月持齋戒不醉重陽十五年

覽盧子蒙侍御舊詩多與微之唱和感今傷昔

因贈子蒙題於卷後

早聞元九詠君詩恨與盧君相識遲今日逢君開舊卷卷中多道贈微之相看掩淚情難說別有傷心事豈知聞道咸陽墳上樹已抽三丈白楊枝

寒亭留客

今朝閑坐石亭中爐火銷殘樽又空冷落若爲留客住冰池霜竹雪髯翁

新小灘

石淺沙平流水寒水邊斜插一漁竿江南客見生鄉思道似嚴陵七里灘

和李中丞與李給事山居雪夜同宿小酌

憲府觸邪峩豸角瑣闈駮正犯龍鱗（二人當官盛事為時所稱也）那知近地齊名客忽作深山同宿人一盞寒燈雲外夜數盃温酎雪中春林泉莫作多時計諫獵登封憶舊臣

履道西門二首

履道西門有弊居池塘竹樹遶吾廬豪華肥壯雖無分飽暖安閑即有餘行竈朝香炊早飯小園春暖掇新蔬夷齊

黃綺誇芝蕨比我盤飧恐不如

履道西門獨掩扉官休病退客來稀亦知軒冕榮堪戀其奈田園老合歸跛鱉難隨騏驥足傷禽莫趁鳳凰飛世間認得身人少今我雖愚亦庶幾

偶吟

人生變改故無窮昔是朝官今野翁久寄形於朱紫内漸抽身入蕙荷中荷衣蕙帶是楚詞也無情水任方圓器不繫舟隨去住風猶有鱸魚蓴菜興來春或擬往江東

雪夜小飲贈夢得

同爲懶慢園林客共對蕭條雨雪天小酌酒巡銷永夜大開口笑送殘年久將時背成遺老多被人呼作散仙呼作散仙應有以曾看東海變桑田

歲暮夜長病中燈下聞盧尹夜宴以詩戲之且爲

來日張本也

榮閙興多嫌晝短衰閑睡夜覺明遲當君秉燭銜盃夜
是我停燈服藥時枕上愁吟堪發病府中歡笑勝尋醫明
朝強出須謀樂不証車公更証誰

病中數會張道士見譏以此荅之

亦知數出妨將息不可端居守寂寥病即藥窻眠盡日興來酒
席坐通宵賢人易狎須勤飲姹女難禁莫謾燒張道士輸白
道士一盃沆瀣便逍遥

夘飲

短屏風掩卧牀頭烏帽青氈白氎裘夘飲一盃眠一覺世間
何事不悠悠

寄題餘杭郡樓兼呈裴使君

官歷二十政宦遊三十秋江山與風月最憶是杭州北郭沙堤

尾西湖石岸頭綠觴春送客紅燭夜迴舟不敢言遺愛空知念舊遊憑君吟此句題向望濤樓

楊六尚書留太湖石在洛下借置庭中因對舉盃

借君片石意何如置向庭中慰索居每就玉山傾一酌興來如對醉尚書

寄贈絕句

喜入新年自詠 時年七十一

白鬚如雪五朝臣又入新正第七旬老過占他藍尾酒病餘収得到頭身銷磨歲月成高位比類時流是幸人大曆年中騎竹馬幾人得見會昌春

灘聲

碧玉班班沙歷歷清流決決響玲玲自從造得灘聲後玉管朱絃可要聽

老題石泉

殷勤傍石遶泉行不說何人知我情漸恐耳聾兼眼暗聽泉看石不分明

送王卿使君赴任蘇州因思花迎新使感舊遊寄題郡中木蘭西院一別

一別蘇州十八載時光人事隨年改不論竹馬盡成人亦恐桑田半爲海鶯入故宮含意思花迎新使生光彩爲報江山風月知至今白使君猶在

出齋日喜皇甫十早訪

三旬齋滿欲銜盃平旦敲門門未開除却朗之攜一榼的應不是別人來

會昌二年春題池西小樓

花邊春水水邊樓一坐經今四十秋望月橋傾三遍換採蓮

舩破五迴修園林一半成喬木鄰里三分作白頭蘇李冥漠隨燭滅陳樊漂泊逐萍流蘇庶子弘李中丞道樞及陳樊二妓十餘年皆樓中歌酒中伴或殁或散獨予在焉雖貧眼下無妨樂縱病中心不與愁自笑靈光巋然在春來遊得且須遊

酬南洛陽早春見贈

物華春意尚遲迴賴有東風晝夜催寒縋柳園牧未得暖熏花口噤枊開古詩云口噤不能開欲披雲霧聯襟去先喜瓊琚入袖来久病長齋詩老退爭禁年少洛陽才

對新家醞翫自種花

香麴親看造芳叢手自栽迎春報酒熟垂老看花開紅蠟半含蕚綠油新醱醅玲瓏五六樹瀲灩兩三盃恐有狂風起愁無好客來獨酣還獨語待取月明迴

携酒往朗之莊居同飲

慵中又少經過處別後都無勸酒人不挈一壺相就醉若為

將老度殘春

以詩代書酬慕巢尚書見寄 慕巢書中頗切歸休結侶之意故以此荅

書意詩情不偶然苦云夢想在林泉願爲愚谷烟霞侶思結空門香火緣每愧尚書情眷眷自憐居士病綿綿不知待得心期否老校於君六七年

春盡日

芳景銷殘暑氣生感時思事坐含情無人開口共誰語有酒迴頭還自傾醉對數叢紅芍藥渴甞一盌綠昌明 蜀茶之名也 春歸似遣鶯留語好住林園三兩聲

招山僧

能入城中乞食否莫辭塵土污袈裟欲知住處東城下遶竹泉聲是白家

夏日與閑禪師林下避暑

落景牆西塵土紅伴僧閑坐竹泉東緑蘿潭上不見日白石灘邊長有風熱惱漸知隨念盡清涼常願與人同每因毒暑悲親故多在炎方瘴海中（是歲澧部等郡皆有親友謫居）

題新澗亭兼誚寄朝中親故見贈

何處披襟風快哉一亭臨澗四門開金章紫綬辭腰去白石清泉就眼來自得所宜還獨樂各行其志莫相咍禽魚出得池籠後縱有人呼可更迴

病中看經贈諸道侶

右眼昏花左足風金篦石水用無功（金篦刮眼病見涅槃經磁石水治風見外臺方）不如迴念三乘樂便得浮生百疾空無子同居草菴下（見法華經）有妻偕老道場中何煩更請僧爲侶月上新歸伴病翁（時適談氏女子自太原初歸維摩詰有女名月上出）

遊豐樂招提佛光三寺

竹鞋葵扇白綃巾林野為家雲是身山寺每遊多寄宿都
城暫出即經旬漢容黃綺為逋客堯放巢由作外臣昨日制
書臨郡縣不該愚谷醉鄉人

醉中得上都親友書以予停俸多時憂問貧乏
偶乘酒興詠而報之

頭白醉昏昏狂歌秋復春一生耽酒客五度棄官人蘇州刑部侍郎河南尹同州刺史太子少傅皆以病免也異世陶元亮前生劉伯倫臥將琴作枕行以鍤隨身
歲要衣三對年支穀一囷園葵烹佐飯林葉掃添薪没齒甘
蔬食搖頭謝搢紳自能拋爵祿終不惱交親但得盃中淥從生
甑上塵煩君問生計憂醒不憂貧

池畔逐涼

風清泉冷竹修修三伏炎天涼似秋黃犬引迎騎馬客青衣扶
下釣魚舟衰容自覺宜閑坐蹇步誰能更遠遊料得此身終

老雺只應林下與灘頭

池鶴八絕句 池上有鶴介然不群烏鳶雞鵝次第嘲噪諸禽似有所誚鶴亦時復一鳴予非冶長不通其意因戲為贈答以意斟酌之聊亦自取笑耳

雞贈鶴

一聲警露君能薄五德司晨我用多不會悠悠時俗士重君輕我意如何

鶴答雞

尓爭伉儷泥中鬬吾整羽儀松上棲不可遣他天下眼却輕野鶴重家雞

烏贈鶴

與君白黑太分明縱不相親莫見輕我每夜啼君怨別玉徽琴裏忝同聲 琴曲有烏夜啼別鶴怨

鶴答烏

吾愛棲雲上華表汝多攫肉下田中吾音中羽汝聲角琴曲雖同調不同（別鶴怨在羽調 烏夜啼在角調）

鳶贈鶴

君誇名鶴我名鳶君叫聞天我唳天更有與君相似處飢來一種啄腥膻

鶴答鳶

無妨自是莫相非清濁高低各有歸鸞鶴群中彩雲裏幾時曾見喘鳶飛

鵝贈鶴

君因風送入青雲我被人驅向鴨群雪頸霜毛紅網掌請看何處不如君

鶴答鵝

右軍歿後欲何依只合隨雞逐鴨飛未必犧牲及吾輩大都

我瘦勝君肥

談氏小外孫玉童

外翁七十孫三歲笑指琴書欲遺傳自念老夫今耄矣因思稚子更茫然中郎餘慶鍾羊祜子幼能文似馬遷才與不才爭料得東床空後且嬌憐（談氏䘮逝）

送後集往廬山東林寺兼寄雲皐上人

後集寄將何處去故山迢遞在匡廬舊僧獨有雲皐在三二年來不得書別後道情添幾許老來筋力又何如來生緣會應非遠彼此年過七十餘

客有說（客即李浙東也所說不能具録其事）

近有人從海上廻海山深處見樓臺中有仙龕虛一室多傳此待樂天來

荅客說

吾學空門非學仙恐君此說是虛傳海山不是吾歸處歸即應歸兜率天（予晚年結弥勒上生業故云）

哭劉尚書夢得二首

四海齊名白與劉百年交分兩綢繆同貧同病退閑日一死一生臨老頭盃酒英雄君與操（曹公曰天下英雄唯使君与操耳）文章微婉我知丘（仲尼云後世知丘者春秋又云春秋之言微而婉也）賢豪雖歿精靈在應共微之地下遊

今日哭君吾道孤寢門淚滿白髭鬚不知箭折弓何用兼恐脣亡齒亦枯窅窅窮泉埋寶玉駸駸落景掛桑榆夜臺暮齒期非遠但問前頭相見無

白氏文集卷第三十六

白氏文集第三十七

刑部尚書致仕太原　居易

律詩　五言　七言　凡一百首

昨日復今辰

昨日復今辰悠悠七十春所經多故處却想似前身散袟優游老閑居淨潔貧螺杯中有物鶴氅上無塵解珮收朝帶抽簪換野巾風儀與名号別是一生人

病瘡

門有醫來往庭無客送迎病銷談笑興老足歎嗟聲鶴伴臨池立人扶下砌行脚瘡春斷酒那得有心情

游趙村杏花

游村紅杏每年開十五年來看幾迴七十三人難再到今春來是別花來

刑部尚書致仕

十五年來洛下居道緣俗累兩何如迷路心迴因向佛宦
途事了是懸車全家遁世曾無悶半俸資身亦有餘
唯是名銜人不會毗耶長者白尚書

初致仕後戲酬留守牛相公 并呈分司諸寮友

南北東西無所羈挂冠自在勝分司探花嘗酒多先到拜表
行香盡不知炮筍烹魚飽飱後擁袍枕臂醉眠時報君一
語君應笑兼亦無心羨保釐

問諸親友

七十人難到過三更較稀占花租野寺定酒典朝衣趁
醉春多出貪歡夜未歸不知親故口道我是耶非

戲問牛司徒

斗藪塵纓捋白鬚半酣扶起問司徒不知詔下懸車後

醉舞狂歌有例無

不與老爲期

不與老爲期因何兩鬢絲纔應免夭促便已及衰羸昨夜夢何在明朝身不知百憂非我所三樂是吾師閉目常閑坐低頭每靜思存神機慮息養氣語言遲行亦携詩篋眠多枕酒巵自慙無一事少有不安時

開龍門八節石灘詩二首

東都龍門潭之南有八節灘九峭石船筏過此例反破傷舟人檝師推挽束縛大寒之月躶跣水中飢凍有聲聞於終夜予嘗有願力及則救之會昌四年有悲智僧道遇適同發心經營開鑿貧者出力仁者施財於戲從古有礙之險未來無窮之苦忽乎一旦盡除去之茲吾所用適願快心拔苦施樂者耳豈獨以功德福報爲意哉因作二詩刻題

石上以其地屬寺事因僧故多引僧言見志

鐵鑿金鎚殷若雷八灘九石劒稜摧竹篙桂檝飛如箭百筏千艘魚貫來振錫導師憑衆力揮金退傅施家財他時相逐西方去莫慮塵沙路不開

七十三翁旦暮身誓開險路作通津夜舟過此無傾覆朝脛從今免苦辛十里叱灘變河漢八寒陰獄化陽春（八寒地獄見佛名及涅槃經故以八節灘爲比）我身雖歿心長在闇施慈悲與後人

閑坐

婆娑放雞犬嬉戲任兒童獨坐槐陰下開襟向晚風漚麻池水裏曬棗日陽中人物何相稱居然田舍翁

詶寄牛相公同宿話舊勸酒見贈

毎來故事堂中宿共憶華陽觀裏時日暮獨歸愁米盡泥深同出借驢騎交遊今日唯殘我富貴當年更有誰彼

此相看頭雪白一杯可合重推辭

道場獨坐

整頓衣巾拂淨牀一瓶秋水一鑪香不論煩惱先須去直到菩提亦擬忘朝謁久停收劍珮宴遊漸罷廢壺觴世間無用殘年處秖合逍遥坐道場

偶作寄朗之

歷想爲官日無如刺史時歡娛接賔客飽暖及妻兒自到東都後安閑更得宜分司勝刺史致仕勝分司何況園林下欣然得朗之仰名同舊識爲樂即新知有雪先相訪無花不作期鬪醲乾釀酒誇妙細吟詩里巷千來往都門五別離岐分兩迴首書到一開眉葉落槐亭院冰生竹閣池雀羅誰問訊鶴氅罷追隨身與心俱病容將力共衰老來多健忘唯不忘相思

狂吟七言十四韻

亦知世是休明世自想身非富貴身但恐人間爲長物不如林下作遺民遊依二室成三友住近雙林當四鄰性海澄渟平少浪心田洒掃淨無塵香山閑宿一千夜梓澤連遊十六春是客相逢皆故舊無僧每見不殷勤樂停有喜閑銷疾金盡無憂醉忘貧補綻衣裳愧妻女支持酒肉賴交親俸隨日計錢盈貫祿逐年支粟滿囷（尚書致仕請半俸百斛亦五十千歲給祿粟二千可爲）洛堰魚鮮供取足游村果熟饋爭新詩章人與傳千首壽命天教過七旬點檢一生僥倖事東都除我更無人

喜裴濤使君攜詩見訪醉中戲贈

忽聞扣戶醉吟聲不覺停杯倒屣迎共放詩狂同酒癖與君別是一親情

得潮州楊相公繼之書并詩以此寄之

詩情書意兩殷勤來自天南瘴海濱初覩銀鈎還啓齒細吟瓊什欲沾巾鳳池隔絶三千里蝸舍沉冥十五春唯有新昌故園月至今分照兩鄉人（鳳池屬楊相也蝸舍自謂也）

宿府池西亭

池上平橋橋下亭夜深睡覺上橋行白頭老尹重來宿十五年前舊月明

閑眠

暖牀斜卧日曛腰一覺閑眠百病銷盡日一飡茶兩椀更無所要到明朝

永豐坊西南角園中有垂柳一株柔條極茂白尚書曾賦詩傳入樂府遍流京都近有詔旨取兩枝植於禁苑乃知一顧增十倍之價非虛

言也因此偶成絕句非敢繼和前篇

白尚書篇云

一樹春風千萬枝嫩如金色軟於絲永豐西角荒園裏盡日無人屬阿誰

河南尹盧貞和

一樹依依在永豐兩枝飛去杳無蹤玉皇曾採人間曲應逐歌聲入九重

刑部尚書致仕白居易和

一樹衰殘委泥土雙枝榮耀植天庭定知玄象今春後柳宿光中添兩星

齋居春久感事遣懷

齋戒坐三旬笙歌發四鄰月明停酒夜眼闇看花人賴學空爲觀深知念是塵猶思閑語笑未忘舊交親久作

龍門主多爲兎苑賓水嬉歌盡日雪宴燭通晨事事
皆過分時時自問身風光抛得也七十四年春
每見呂南二郎中新文輙竊有所歎惜因成
長句以詠所懷
雙金百鍊少人知縱我知君徒尓爲望梅閣老無妨渇二賢詞藻爲贍麗衆多以予曾忝制誥此官故呼閣老畫餅尚書不救飢喻無戲自益也白日迴頭看又晚
青雲舉足躡何遲壯年可惜虛銷擲遣把閑杯吟詠詩
胡吉鄭劉盧張等六賢皆多年壽予亦次
焉偶於弊居合成尚齒之會七老相顧既醉甚
歡靜而思之此會稀有因成七言六韻以紀之
傳好事者
七人五百七十歲拖紫紆朱垂白鬚手裏無金莫嗟嘆樽
中有酒且歡娛詩吟兩句神還王酒飲三杯氣尚麤嵬峩

狂歌教婢拍婆娑醉舞遣孫扶天年高過二疏傳人數多於四皓圖除却三山五天竺人間此會更應無（三仙山五天竺圖多老壽者）

前懷州司馬安定胡杲年八十九

衞尉卿致仕馮翊吉皎年八十六

前右龍武軍長史滎陽鄭據年八十四

前慈州刺史廣平劉眞年八十二

前侍御史内供奉官范陽盧貞年八十二

前永州刺史清河張渾年七十四

刑部尚書致仕太原白居易年七十四

已上七人合五百七十歲會昌五年三月二十一日於白家履道宅同宴宴罷賦詩時秘書監狄兼謩河南尹盧貞以年未七十雖與會而不及列

歡喜二偈

得老加年誠可喜當春對酒亦宜歡心中别有歡喜事開得龍門八節灘

眼暗頭旋耳重聽平唯餘心口尚醒醒今朝歡喜緣何事禮徹佛名百部經

閑居貧活

冠蓋閑居少簞瓢陋巷深稱家開戸牖量力置園林儉薄身都慣營爲力不任飢烹一斤肉暖卧兩重衾樽有陶潛酒囊無陸賈金莫嫌貧活計更富即勞心

贈諸少年

少年莫笑我蹉跎聽我狂翁一曲歌入手榮名取雖少關心穩事得還多老慚退馬霑芻秣謂致仕半祿也高喜歸鴻脫弋羅官給俸錢天與壽些些貧病奈吾何

感所見

巧者焦勞智者愁愚翁何喜復何憂莫嫌山木無人用大勝籠禽不自由網外老雞因斷尾盤中鮮鱠爲吞鉤誰人會我心中事冷笑時時一掉頭

寄黔州馬常侍

閑看雙節信爲貴樂飲一杯誰與同可惜風情與心力五年拋擲在黔中

和李相公留守題漕上新橋六韻　同用黎字

選石鋪新路安橋壓古堤似從銀漢下落傍玉川西影定闌干倒標高華表齊烟開虹半見月冷鶴雙栖材映夔龍小功嫌元凱低從容濟世後餘力及黔黎

閑居

風雨蕭條秋少客門庭冷靜晝多關金羈駱馬近賣却

羅紬柳枝尋放還書卷略尋聊取睡酒杯淺把粗開顔
眼昏入夜休看月脚重經春不上山心靜無妨喧處寂機忘
兼覺夢中閑是非愛惡銷停盡唯寄空身在世間

新秋夜雨

蟋蟀暮啾啾光陰不少留松簷半夜雨風幌滿牀秋曙
早燈猶在涼初簟未收新晴好天氣誰伴老人遊

春眠

枕低被暖身安穩日照房門帳未開還有少年春氣味
時時暫到睡中來

喜老自嘲

面黑頭雪白自嫌還自憐毛龜蓍下老蝙蝠鼠中仙名
籍同逋客衣裝類古賢裘輕披白氎靴暖蹋烏氈周
易休開卦陶琴不上絃任從人棄擲自與我周旋鐵馬因

疲退鈆刀以鈍全行開第八秩可謂盡天年（時俗謂七十已上為開第八秩）能無愧

十兩新綿褐披行暖似春一團香絮枕倚坐穩於人婢僕遣他嘗藥草兒孫與我拂衣巾迴看左右能無愧養活枯殘廢退身

河陽石尚書破迴鶻迎貴主過上黨射鷺鷥繪畫為圖猥蒙見示稱嘆不足以詩美之

塞北虜郊隨手破山東賊壘掉鞭收烏孫公主歸秦地白馬將軍入潞州劍拔青鱗蛇尾活弦抨赤羽火星流須知鳥目猶難漏（尚書將入潞府偶逢水鳥鷺鷥引弓射之一發中目三軍讙其事上聞詔下美之）縱有天狼豈足憂畫角三聲刁斗曉清商一部管絃秋他時麟閣圖勳業更合何人居上頭

自詠老身示諸家屬

壽及七十五俸霑五十千夫妻皆老日甥姪聚居年粥
美嘗新米袍溫換故緜家居雖穫落眷屬幸團圓
置榻素屏下移爐青帳前書聽孫子讀湯看侍兒煎
走筆還詩債抽衣當藥錢支分閑事了把背向陽眠

自問此心呈諸老伴

朝問此心何所思暮問此心何所為不入公門慵斂手不
看人面免低眉居士室閒眠得所少年場上飲非宜閑
談亹亹留諸老美醞徐徐進一巵心未曾求過分事身
常少有不安時此心除自謀身外更問其餘盡不知

六年立春日人日作

二日立春人七日盤蔬餅餌逐時新年方吉鄭猶為少
家比劉韓未是貧鄉園節歲應堪重親故歡遊莫厭
頻試作循潮封眼想何由得見洛陽春分司致仕官中吉傅諸議最老韓庶子尤

翁循潮封三郡遷客老劉員外韓皆洛下舊遊也

齋居偶作

童子裝爐火行添一炷香老翁持麈尾坐拂半張牀卷纔看天色移齋近日陽甘鮮新餅果穩暖舊衣裳止足安生理優閑樂性場是非一以遣動靜百無妨豈有物相累兼無情可忘不須憂老病心是自醫王

詠身

自中風來三歷閏（病風八年凡三閏矣）從懸車後幾逢春周南留滯稱遺老（見太史公傳）漢上羸殘号半人（見習鑿齒傳）薄有文章傳子弟斷無書札荅交親餘年自問將何用恐是人間賸長身

予與山南王僕射淮南李僕射事歷五朝踰三紀海內年輩今唯三人榮路雖殊交情

不替聊題長句寄皋之公垂二相公

故交海内只三人二坐巖廊一卧雲老愛詩書還似我榮兼將相不如君百年膠漆初心在萬里煙霄中路分阿閣鸞凰野田鶴何人信道舊同群

讀道德經

玄元皇帝著遺文烏角先生仰後塵金玉滿堂非己物子孫委蜕是他人世間盡不關吾事天下無親於我身只有一身宜愛護少教冰炭逼心神

禽蟲十二章

莊列寓言風騷比興多假蟲鳥以為筌蹄故詩義始於關雎鵲巢道説先乎鯤鵬蜩鷃之類是也予閑居乗興偶作一十二章頗類志怪放言每章可致一哂一哂之外亦有以自警其衰耄封執之惑焉頃如此作多與故人微之

夢得共之微之夢得嘗云此乃九奏中新聲八珍中異味也有盲哉有盲哉今則獨吟想二君在目能無恨乎

第一

鷰違戊己鵲避歲茲事因何羽族知疑有鳳王須鳥歷一時一日不叅差不知其然也鷰銜泥常避戊巳日鵲巢口常避太歲驗之皆信

第二

水中科斗長成蛙林下桑蟲老作蛾蛙跳蛾舞仰頭笑焉用鵾鵬鱗羽多齊物也

第三

江魚群從稱妻妾塞鴈聯行另弟兄但恐世間真眷屬親疎亦是強爲名故名也江淹間有魚每游輒三如媵隨妻一先二後土人另為婢妾魚禮云鴈兄弟行

第四

蠶老繭成不庇身蜂飢蜜熟屬他人須知年老憂家者

恐是二蟲虛苦辛 自警也

第五

阿閣鵷鸞田舍烏妍蚩貴賤兩懸殊如何閉向深籠裏

一種摧頹觸四隅 有所感也

第六

獸斗去刀槍多怒吼鳥遭羅弋盡哀鳴羔羊口在緣何事

闇死屠門無一聲 有所悲也

第七

蟭螟殺敵蚊巢上蠻觸交爭蝸角中應似諸天觀下界

一微塵內鬪英雄 自照也

第八

蟏蛸網上罥蜉蝣反覆相持死始休何異浮生臨老日一

彈指頃報恩讎 誡報也

第九

蟻王化飯爲臣妾螺母偷蟲作子孫彼此假名非本物其間何怨復何恩

第十

豆苗鹿嚼解烏毒艾葉雀銜奪鷰巢鳥獸不曾看本草諳知藥性是誰教嘗獵者說云鹿若中箭發即嚼豆葉食之多消解箭毒多用烏頭故云烏毒又鷰惡艾雀欲奪其窠先銜一艾致其窠輒避去因而有之

第十一

一鼠得仙生羽翼衆鼠相看有羨色豈知飛上未半空已作烏鳶口中食

第十二

鵜乳養雛遺在水魚心想子變成鱗細微幽隱何窮事知者唯應是聖人鵜放乳水中不能離群鵜從而食之皆飽而肌之又如魚想子子成魚並皆是佛經中說

白集第三十七

白氏文集卷第三十八

詩賦凡十五首

動靜交相養賦 并序

居易常見今之立身從事者有失於動有失於靜由斯動靜俱不得其時與理也因述其所以然用自儆導命曰動靜交相養

賦六

天地有常道萬物有常性道不可以終靜濟之以動性不可以終動濟之以靜養之則兩全而交利不養之則兩傷而交病故聖人取諸震以發身受諸復而知命所以莊子曰智養恬易曰蒙養正吾觀天文其中有程日明則月晦日晦則月明明晦交養晝夜乃成吾觀歲功其中有信陽進則陰退陽退則陰進進退交養寒暑乃順且躁者本於靜也斯則躁爲民靜爲君以民養君教化之根則動養靜之道斯存且有者生於無也斯則無爲母有爲子以母養子生成之理則靜養動之理明矣所以動之爲用在氣爲春在鳥爲飛在舟爲楫在弩爲機不有動也靜將疇依所以靜之爲用在蟲爲蟄在水爲止在門爲鍵在輪爲柅不有靜也動奚資始則知動兮靜所伏靜兮動所倚吾何以知交養之然哉以此有以見人之生於世出處相濟必有時而行非

匏瓜不可以長繫人之善其身枉直相循必有時而屈故尺蠖不可以長伸嗟夫今之人知動之可以成功不知非其時動必爲凶知静之可以立德不知非其理静亦爲賊大矣哉動静之際聖人其難之先之則過時後之則不及時交養之間不容毫氂故老氏觀妙顔氏知幾噫非二君子吾誰與歸

泛渭賦 并序

右丞相高公之掌貢舉也予以鄉貢進士舉及第左丞相鄭公之領選部也予以書判拔萃選登科十九年天子並命二公對掌鈞軸朝野無事人物甚安明年春予爲校書郎始徙家秦中卜居於渭上上樂時和歲稔萬物得其宜下樂名遂官閑一身得其所既美二公佐清朝之理又荷二公垂特達之恩發於嗟嘆流於詠詞于時泛舟于渭因爲泛渭賦以導其意詞曰

亭亭華山下有人跂兮望兮愛彼三峯之白雲泛泛渭水上有舟

沿兮泝兮愛彼百里之淸流以我爲太平之人兮得於斯而優遊
又感陽春之氣熙熙兮樂天和而不憂曰予生之年兮時哉時哉
當皇唐受命之九葉兮華與夷而無氛埃及帝纘位之二紀兮
命高與鄭爲鹽梅二賢兮爰立四門兮大開凡讀儒書與履
儒行者率充賦而四來雖片藝而必收兮故不棄予之小才感
再遇於知己心懃懇以徘徊登予名於太常署予職於蘭臺臺
有蘭兮閣有芸芳菲菲其可襲備一官而無一事又不維而不
縶家去省兮百里每三旬而一入川有渭兮山有華澹悠悠其可
賞目白雲兮漱淸流其或偃而或仰門去渭兮百步常一日而三
往夜分兮叩舷天無雲兮水無煙遲遲兮明月波瀲艷兮棹寅緣
日暮兮舟泊草萋萋兮沙漠漠習習兮春風岸柳動兮渚花
落發浩歌以長引舉濁醪而經紋酌春冉冉其將盡予何爲乎不
樂鳥樂兮雲際鳴嚶嚶兮飛裔裔魚樂兮泉底鬐撥撥兮

尾瀲瀲我樂樂兮聖代心融融兮神泄泄伊萬物各樂其樂者由聖賢之相契賢致聖於無爲聖致賢於既濟凝爲和兮聚五福發爲春兮消六沴不我後兮不我先適當我兮生之代彼鱗蟲兮與羽族咸知樂而不知惠我爲人兮最靈所以媿賢相而荷聖帝樂乎樂乎汎于渭兮詠而歸聊逍遥以卒歲

傷遠行賦

貞元十五年春吾兄吏于浮梁分微禄以歸養命予負米而還鄉出郊野兮愁予夫何道路之茫茫茫茫兮二千五百自鄱陽而歸洛陽朝濟乎大江暮登乎高崗山險巇路屈曲甚孟門與太行楓林鬱其百尋涵瘴煙之蒼蒼其中閴其無人唯鷓鴣之飛翔水有含沙之毒蟲山有當路之虎狼況乎雲雷作而風雨晦忽雹霰靄兮不見暘涉泥濘兮僕夫重臏陟崔嵬兮征馬玄黄步一步兮不可進獨中路兮徬徨罳昔我往兮春草始芳今我來兮秋風其

涼獨行踽踽兮惜晝短孤宿煢煢兮愁夜長況太夫人抱疾而在堂自我行役諒夙夜而亟憂傷惟母念子之心心可測而可量雖割慈而不言終蘊結乎中腸曰予弟兮侍左右固就養而無方雖溫凊之靡闕詎當我之在傍無羽翼以輕舉羨歸雲之飛揚惟晝夜與寢食之心曷其弭忘投山館以寓宿夜緜緜而未央獨展轉而不寐俟東方之晨光雖則驅征車而遵歸路猶自泝鄉淚之浪浪

宣州試射中正鵠賦

以諸侯立誠衆士知訓爲韻任不依次用韻限三百五十字已上成

聖人弦木爲弧剡木爲矢唯弧矢之用也中正鵠而已矣是謂武之經禮之紀故王者務以選諸侯諸侯用而貢多士將俾乎禮無秕稗位有降殺廣場闢而堵牆開射夫同而鐘鼓戒有以致國用終歲貢使技癢者出於羣藝成者推於衆在乎矢不虛發弓不再控射繹志也信念茲而在茲鵠小鳥焉取難中而能中乃設五正張三侯

叶吉日於清晝亶順殺氣於素秋禮事展樂容修既五善而斯備將百中而是求於是誠心内蘊莊容外奮升降揖讓合君子之令儀進退周旋伸先王之彝訓故禮舉而義立且無聲而有聞及夫觀者坌入射者挺立矢既挾弓既執抗大侯次決拾指正則掌内必取料鵠乃彀犯御嫌名中所及雕弧乍滿當晝而明月彎彎銀鏑急飛不夜而流星熠熠其一發也騁若徹扎其再中也撝如貫笠玉霜降而弓力調金風勁而弦聲急愜羣心而踴躍駭衆目而翕習若然者安知不能空彎而鴈驚虛引而猨泣者也矧乃正其色温如栗如游於藝匪疾匪徐妙能曲盡勇可賈餘豈不以志正形直心莊體舒不出正兮信得禮之大者無失鵠也豈反身而求諸斯蓋弓矢合規容止有儀必氣盈而神王寧心讋而力疲則知善射者在乎合禮合樂不必乎飲羽在乎和容和志不必乎主皮如是則射之禮射之義雖百世而可知

窗下列遠岫詩（題中以平聲爲韻）

天静秋山好窗開曉翠通遥憐峯窈窕不隔竹朦朧萬點當虛室千重疊遠空列簷攢秀氣緣隟助清風碧愛新晴後明宜反照中宣城郡齋在望與古時同

省試性習相近遠賦（以君子之所慎焉爲韻依次用限三百五十字已上成中書侍郎高郢下試貞元十六年二月十四日及第第四人）

噫下自人上達君德以慎立而性由習分習則生常將俾夫善惡區別慎之在始必辯乎是非糾紛原夫性相近者豈不以有教無類其歸於一揆習相遠者豈不以殊途異致乃差於千里昬明波注導爲愚智之源邪正歧分開成理亂之軌安得不稽其本謀其始觀所恒察所以考成敗而取捨審臧否而行止俾流遁者反迷塗於騷人積習者遵要道於君子且夫德莫德於老氏乃曰道是從矣聖莫聖於宣尼亦曰非生知之則知德在修

身將見素而抱樸聖由志學必切問而近思在乎積藝業於黍累慎言行於毫釐故得其門志弥篤兮性弥近矣由其徑習愈精兮道愈遠而其言可顯其義可舉勿謂習之近徇迹而相背勿重阻勿謂性之遠反眞而相去幾許亦猶一源派別隨混澄而或濁或淸一氣脉分任吹呴而為寒為暑者是以君子稽古於時習之初辯惑於成性之所然則性者中之和習者外之徇中和思於馴致外徇戒於妄進非所習而習則性傷得所習而習則性順故聖與狂由乎念與罔念禍與福在乎愼與不愼之義莫匪乎率道為本見善而遷觀炯誡於旣往審進退於未然故得之則至性大同若水濟水也失之則衆心不等猶面如面焉誠哉性習之說吾將以為教先

玉水記方流詩 以流字為韻六十字成

良璞含章久寒泉徹底幽尹孚光灩灩方折浪悠悠凌亂波

紋異縈迴水性柔似風摇淺瀨疑月落清流潛類應傍達藏眞豈上浮玉人如不記論弃即千秋

求玄珠賦 以玄非智求珠以眞得

至乎哉玄珠之爲物也淵淵緜緜不知其然存乎視聽之表生乎天地之先其中有象與道相全求之者剗其心俾損之又損得之者反其性乃玄之又玄玄無音聽之則希珠無體搏之則微故以音而求之者妄以體而得之者非倏尔去焉將窅冥而齊往忽乎來矣與罔象而同歸是以聖人之求玄珠也損明聖薄仁義索之惟艱失之孔易莫不以心忘心以智去智其難得也劇乎剖巨蜯之胎其難求也甚乎待驪龍之睡夫惟不皦不昧至明至幽必致之於馴致豈求之於躁求性失則遺若合浦之徙去虚潛至同夜光之闇投斯乃動爲道樞靜爲心符至光不耀至眞不渝察之無形謂其有而非有應之有信爲其無而非無故立喻

比夫至寶强名爲之玄珠名不徒尒喻必有以以不凝滯爲圓以無瑕疵爲美蓋外明者不若内明之理純白者不若虚白之言藏於身不藏於川在乎心不在乎水然則頤其神保其眞雖無脛求之必臻役其識徇其惑雖没齒求之不得則知珠者無形之形玄者無色之色亦何必遊赤水之上造崑丘之側苟悟漆園之言可臻玄珠之極

漢高皇帝親斬白虵賦 以題爲韻依次用

高皇帝將欲戡時難撥禍亂乃耀聖武奮英斷提神劒於手中斬靈虵於澤畔何精誠之潜發信天地之幽賛卒能滅强楚降暴秦創王業於炎漢于時瓜割區宇蜂起英豪以堅甲利兵相視以壯圖鋭氣相高皆欲定四海之洶洶救萬姓之嗷嗷帝既心闚咸陽氣王芒碭率卒晨往縱徒夜亡有大虵兮出山穴亘路傍凝白虹之精彩被素龍之文章鱗甲皛以雪色睛眸艷

其雷光聳其身形蜿蜿而莫犯舉其首勢矯矯而靡亢勇夫聞之而挫銳壯士覩之而摧剛於是行者告于高皇皇帝乃奮布衣挺干將攘臂直進瞋目高驤一呼而猛氣咆勃冉叱而雄姿抑揚觀其將斬未斬之際虵方欲縱毒螫肆猛噬我則審其計度其勢口譟雷霆手操鋒鋭凜龍顔而色作振虎威而聲厲何天之啓神之契舉刃一揮溘然而斃死不知我者謂我斬白虵知我者謂我斬白帝於是灑雨血摧霜鱗塗野草濺路塵嗟乎神化將窮不能保其命首尾雖在不能衛其身盛矣哉聖人之草昧經綸應乎天順乎人制勍敵必示以乃武乃文靜災禍不可以弗躬弗親若夫龍泉顯顯秋水湛湛苟非斯劔虵不可斬天威煌煌神武洸洸苟非我王虵不可當是知人在威不在衆我王也萬夫之防器在利不在大斯劔也三尺之長于以讋萬物于以威八方曆數既終聞素靈之夜哭咨欲將至知赤帝之道昌縣是

氣吞豪傑威振幽遐素車降而三秦歸德朱旗建而六合爲家彼戮鯨鯢與截犀兕未若我提青虵而斬白虵

大巧若拙賦 以隨物成器巧在乎中爲韻依次用

巧之小者有爲可得而鬬巧之大者無迹不可得而知蓋取之於巽授之以隨動而有度舉必合規故曰大巧若拙其義在斯尒乃掄材於山木審器於軌物將務乎心匠之忖度不在乎手澤之翦拂故爲棟者資其自天之端爲輪者取其因地之屈其公也於物無情其正也依法有程既游藝而功立亦居肆而事成大小存乎自擊材無所弃取捨資乎指顧物莫能爭然後任道弘用隨形制器信無爲而爲因所利而利不凝滯於物必簡易於事亦猶善從政者物得其宜能官人者才適其位嘉其尺度有則繩墨無撓工非剞劂自得不矜之能器靡雕鎪誰識無心之巧衆謂之拙以其因物不改我爲之巧以其成功不宰不改故物全不宰故功倍遇

以神也郢人之術攸同合乎道焉老氏之言斯在噫舟車器異杞梓材殊罔枉枘以鑿罔破圓爲觚必將考廣狹以分寸審剋方以規模則物不能以長短隱材不能以曲直誣是謂心之術也豈慮手之傷乎且夫大盈若沖大明若蒙是以大巧棄其末工則知巧在乎不違天眞非勞形於木人之內巧在乎無枉物情非役神於棘刺之中豈徒與班尒之輩騁技而校功哉情一作性

雞距筆賦以中山兎毫作之尤妙爲韻任不依次用

足之健兮有雞足毛之勁兮有兎毛就足之中奮發者利距在毛之內秀出者長毫合爲手筆正得其要象彼足距曲盡其妙圓而直始造意於蒙恬利而銛終騁能於逸少斯則創因智士傳在良工拔毫爲鋒截竹爲筒視其端若武安君之頭銳窺其管如玄元氏之心空豈不以中山之明視勁而迅汝陰之翰音勇而雄一毛不成採衆毫於三穴之內四者可棄取銳武於五德之中雙美是

合兩揆而同故不得兔毫無以成起草之用不名雞距無以表入木
之功及夫親手澤隨指顧秉以律動有度𢖍松煙之墨灑鵝毛之
素莫不畫爲屈鐵點成垂露若用之交戰則摧敵而先鳴若用
之草聖則擅場而獨步察所以稽其故雖云任物以用長亦在假
名而善喻向使但隨物棄不與人遇則距畜縮於晨雞毫摧殘
於寒兔又安得取名於彼移用在茲映赤管狀紺趾乍舉對紅箋疑
錦臆初披輟翰停毫既象乎翹足就棲之夕揮芒拂鋭又似乎奮
拳引鬬之時苟名實之相副者信動靜而似之其用不困其美無
儔因草爲號者質陋折蒲而書者體柔彼皆瑣細此實殊尤是
以搦之而變成金距書之而化作銀鈎夫然則董狐操可以勃爲良
史宣尼握可以删定春秋其不象雞之羽者鄙其輕薄不取雞
之冠者惡其軟弱斯距也如劒如戟可擊可搏將壯我之毫芒必假
爾之鋒鍔遂使見之者書狂發秉之者筆力作挫萬物而人文成

草八行而鳥迹落縹囊蜮處類藏鋒之沈潛團扇或書同舞鐏之揮霍儒有學書臨水負笈辭山含毫既至握管迴還過兔園而易感望雞樹以難攀顧爭雄於爪趾之下冀得攜於筆硯之間

黑龍飲渭賦 出爲漢祥下飲渭水

龍爲四靈之長渭居八水之一飲亹亹之清流浴彬彬之玄質忽兮下降賁然躍出首蜿蜒以涌煙鱗錯落而點漆動而無悔變作瑞於秦川應必有徵乃效靈於漢日觀其彼止察其所爲行藏不惑動靜有儀睛眸炫燿文彩陸離躍于泉於焉表異守其黑所以標奇或隱或見時行時止順冬夏而無乖應昏明而有以於是稽大易按前史符聖人之昌運飛而在天表王者之休徵下而飲水爾乃降長川俯高岸氣默默以黷黷光璘璘而爛爛聞之者心駭而屏息觀之者目眙而改觀一呼一吸而聲起風雷或躍或騰而勢超雲漢觀夫莫智匪常莫黑至祥契昌期於南面合正色於

北方拖尾迴翔擘波騰驤飲清瀾之浩浩動素浪之湯湯頓頷而碎珠迸落奮鬐而細雨飛揚警水府兮鱣鮪奔走駭泉室兮蛟鼉龍伏藏玄雲從而淺深一色白日照而左右交光且彼倏時出處憑虛上下度弱水而斯馭去鼎湖而是駕聞茂先之劍飛見長房之杖化豈若此炎精冥契水德潛稟玄甲黯以凝黛黑文章斐兮摛錦逼而察也類天馬出水而遊遠而望之疑晴虹截澗而飲已而負蒼天去清渭排冥冥之寥廓反浩浩之元氣則知水物之靈鱗蟲之貴盛矣哉抑斯龍之所謂

敢諫鼓賦 以聖人來諫諍之道爲韻

鼓者工所制諫者君所命鼓因諫設發爲治世之音諫以鼓來懸作經邦之柄納其臣於忠直致其君於明聖將使內外必聞上下交正於是乎唐堯得以爲盛者也至矣哉君至公而滅私臣有犯而無欺諷諫者於焉盡節獻納者由是正辭言之者無罪擊

之者有時故謇謇匪躬道之行也鼘鼘不已聲以發之始也土鼓增華蕢桴改造外揚音以應物中含虛而體道不窕不摦由巧者之作爲大鳴小鳴隨直臣之擊考有若坎其缶于宛丘之下又如殷其雷在南山之隈音鏘鏘以鏜鞳響容與以徘徊徹于帝心四聰之耳必達納諸人聽七諍之臣乃來故用於朝朝無面從之患行於國國無居下之訕洋洋盈耳幽贊逆耳之言坎坎動心明啓沃心之諫且夫鼓之爲用也或備於樂懸或施於戎政以諧八音節奏以明三軍號令未若備察朝闕發揮庭諍聲聞于外以彰我主聖臣良道在其中以表我上忠下敬然則義之與比德必有鄰將善旌而並建與謗木而俱陳是必聞其音則知有獻替之士聆其響不獨思將帥之臣嗟乎捨之則聲寢用之則氣振雖聲氣之在鼓終用捨之由人

君子不器賦 用之則行無施不可

君子哉道本生知德唯天縱抱乎不器之器成乎有用之用不器者通理而黃中有用者致遠而任重蓋由識包權變理蘊通明業非學致器異琢成審其時有道舒而無道卷愼其德捨之藏而用之行語其小能立誠以修辭論其大能救物而濟時以之理心則一身獨善以之從政則庶績咸熙旣居家而必達亦在邦而允釐彼子貢雖賢唯稱瑚璉之器彥輔信美空標水鏡之姿是謂非求備者又何足以多之豈如我順乎通塞合乎語默何用不臧何響不克施之乃伊吕事業蓄之則莊老道德雖應物而不滯終飾躬而有則若止水之在器任器方圓如良工之用材隨材曲直原夫根淳精於妙有宅元和於虛受內弘道而惟新外濟用而可久鄙斗筲之奚筭哂挈瓶之固守何器量之差殊在性情之能不豈不以神爲玄樞智爲心符全其神則爲而勿有虛其心則用當其無故動與時合靜與道俱時或用之必開臧

武之智道不行也則守寗子之愚至乎哉冥心無我無可而無不可應用不疲無爲而無不爲信大成而大受非小惠而小知故庶類曲從則輪輮適用若一隅偏執則鑿枘難施是以易尚隨時禮貴從宜盛矣哉君子斯焉取斯

賦賦 以賦者古詩之流爲韻

賦者古詩之流也始草創於荀宋漸恢張於賈馬冰生乎水初變本於典墳青出於藍復增華於風雅而後諧四聲祛八病信斯文之美者我國家恐文道寖衰頌聲淩遲乃舉多士命有司酌遺風於三代明變雅於一時全取其名則號之爲賦雜用其體亦不出乎詩四始盡在六義無遺是謂藝文之儆策述作之元龜觀夫義類錯綜詞采舒布文諧宮律言中章句華而不艶美而有度雅音瀏亮必先體物以成章逸思飄颻不獨登高而能賦其工者究筆精窮指趣何慙兩京於班固其妙者抽秘

思騁妍詞豈謝二都於左思掩黄絹之麗藻吐白鳳之奇姿振
金聲於寰海增紙價於京師則長揚羽獵之徒胡爲比也景福
靈光之作未足多之所謂立意爲先能文爲主炳如繢素鏗若
鐘鼓郁郁哉溢目之黼黻洋洋乎盈耳之韶頀信可以夌轢
風騷超軼今古者也今吾君綱羅六藝淘汰九流徵才無忽片善
是求況賦者雅之列頌之儔可以潤色鴻業可以發揮皇猷客
有自謂握靈蛇之珠者豈可棄之而不收

白氏文集卷第三十八

白氏文集卷第三十九

銘贊箴謡偈凡二十一首

續座右銘 并序

崔子玉座右銘余竊慕之雖未能盡行常書屋壁然其間似有未盡者因續爲座右銘云

勿慕貴與富勿憂賤與貧自問道何如貴賤安足云聞毀勿戚戚聞譽勿欣欣自顧行何如毀譽安足論無以意傲物以遠辱於人

無以色求事以自重其身游與邪分歧居與正爲鄰於中有取捨此外無蹤親修外以及内靜養和與眞養内不遺外動率義與仁千里始足下高山起微塵吾道亦如此行之貴日新不敢規他人聊自書諸紳終身且自勗身殁貽後昆後昆苟反是非我之子孫

騶虞畫贊 并序

騶虞仁瑞之獸也其所感所食暨形狀質文孫氏瑞圖具載其事元和元年夏有以騶虞圖贈予者予愛其外猛而威内仁而信又嗟曠代不覿引筆贊之詞云尓

孟山有猛仁心毛質不踐生芻不食生物有道則見非時不出三季已還退藏於密我聞其名徵之於書不識其形得之於圖白質黑文猊首虎軀是耶非耶孰知之乎已矣夫已矣夫前不見往者後不見來者于嗟乎騶虞

貘屏贊 并序

貘者象鼻犀目牛尾虎足生南方山谷中寢其皮辟温圖其形辟邪予舊病頭風每寢息常以小屏衛其首適遇畫工偶令寫之按山海經此獸食鐵與銅不食他物因有所感遂爲贊曰

邈哉奇獸生于南國其名曰貘非鐵不食昔在上古人心忠質征伐教令自天子出劒戟省用銅鐵羡溢貘當是時飽食終日三代以降王法不一鑠鐵爲兵範銅爲佛佛像日益兵刃日滋何山不刻何谷不隳銖銅寸鐵罔有子遺悲哉彼貘無乃餒而嗚呼匪貘之悲惟時之悲

畫鵰贊 并序

壽安令白昊予宗兄也得丹青之妙傳寫之要毛君羣羽族尤是所長長慶元年以畫鵰貺予予愛之因題贊云

鷙禽之英黑鵰丁丁鉤綴八爪劒插六翎想入心匠寫從筆精不卵不雛一日而成軒然將飛戛然欲鳴毛動骨活神來著形始知

造物不必杳冥但獲天機則與化爭韓盱之馬籍籍知名薛稷之鶴翩翩有聲研工覈能較眞鬭靈豈無他人不如我兄一本作幹

續虞人箴 元和十五年

唐受天命十有二聖業業惕惕咸勤于政鳥生深林獸在豐草春蒐冬狩取之以道鳥獸蟲魚各遂其生君民朝野亦克用寧在昔玄祖厥訓孔彰馳騁畋獵俾心發狂何以驗之曰羿與康曾不是誡終然覆亡故我列聖鑑彼前王雖有畋遊樂不至荒高祖方獵蘇長進言不滿十旬未足爲歡上心忽悟爲之輟畋故武德業垂三百年降及宋璟亦諫玄宗溫顏聽納獻替從容及璟趨出鷂死握中故開元事播于無窮噫逐獸于野走馬于路豈不快哉銜橛可懼噫夜歸禁苑朝出皇都豈不樂哉寇戎可虞臣非獸臣不當獻箴輒思出位敢諫從禽螻蟻命小安危計深苟裨萬一臣死甘心

三謠 并序

予廬山草堂中有朱藤杖一蟠木机一素屏風二時多杖藤而行隱机而坐掩屏而卧宴息之暇筆硯在前偶爲三謠各導其意亦猶座右陋室銘之類爾

蟠木謠

蟠木蟠木有似我身不中乎器無用於人下擁腫而上轔菌桷不桷兮輪不輪天子建明堂兮既非梁棟諸侯斲大輅兮材又不中唯我病夫或有所用用尒爲几承吾臂支吾頤而已矣不傷尒朴不枉尒理尒怏怏爲几之外無所用尒尒既不材吾亦不材胡爲乎人間徘徊蟠木蟠木吾與汝歸草堂去來

素屏謠

素屏素屏胡爲乎不文不飾不丹不青當世豈無李陽冰之篆字張旭之筆迹邊鸞之花鳥張藻之松石吾不令加一點一畫於其上欲尒保眞而全白吾於香鑪峯下置草堂二屏倚在東西牆夜如明

月入我室一作懷曉如白雲圍我牀我心久養浩然氣亦欲與尒表裏相輝光尒不見當今甲第與王宮織成步障銀屏風綴珠陷鈿帖雲母五金七寶相玲瓏貴豪待此方悅目然乎寢臥乎其中素屏素屏物各有所宜用各有所施尒今木為骨兮紙為面捨吾草堂欲何之

朱藤謡

朱藤朱藤溫如紅玉直如朱繩自我得尒以為杖大有裨於股肱前年左遷東南萬里交遊別我于國門親友送我于滻水登高山兮車倒輪摧渡漢水兮馬跙蹄開中途不進部曲多迴唯此朱藤實隨我來瘴癘之鄉無人之地扶衛衰病驅呵魑魅吾獨一身賴尒為二或水或陸自北徂南泥黏雪滑足力不堪吾本兩足得尒為三紫霄峯頭黃石巖下松門石磴不通輿馬吾與尒披雲撥水環山遶野二年踏遍匡廬閒未嘗一步而相捨雖有隸子弟良友朋

扶危助蹇不如朱藤嗟乎窮旣若是通復何如吾不以常杖待尒尒勿以常人望吾朱藤朱藤吾雖青雲之上黃泥之下誓不棄尒於斯須

無可奈何

無可奈何兮白日走而朱顔穨少日往而老日催生者不住兮死者不迴況乎寵辱豐顇之外物又何常不十去而一來去不可挽兮來不可推無可奈何兮已焉哉惟天長而地久前無始兮後無終嗟吾生之幾何寄瞬息乎其中又如太倉之稊米委一粒於萬鍾何不與道逍遙委化從容縱心放志洩洩融融胡爲乎分愛惡於生死繫憂喜於窮通倔强其骨髓齟齬其心胷合冰炭以交戰秖自苦兮厥躬彼造物者于何不爲此與化者云何不隨或喣或吹或盛或衰雖千變與萬化委一順以貫之爲彼何非爲此何是誰冥此心夢蝶之子何禍非福何吉非凶誰達此觀喪馬之翁俾吾爲秋毫

之杪吾亦自足不見其小俾吾爲泰山之阿吾亦無餘不見其多是以達人靜則脗然與陰合迹動則浩然與陽同波委順而已孰知其他時耶命耶吾其無奈彼何委耶順耶彼亦無奈吾何夫兩無奈何然後能冥至順而合大和故吾所以飲大和扣至順而爲無可奈何之歌脗然一作闇然 委耶一作隨耶

自誨

樂天樂天來與汝言汝宜拳拳終身行焉物有萬類錮人如鎖事有萬感爇人如火萬類遞來鎖汝形骸使汝未老形枯如柴萬感遞至火汝心懷使汝未死心化爲灰樂天樂天可不大哀汝胡不懲往而念來人生百歲七十稀設使與汝七十期汝今年已四十四却後二十六年能幾時汝不思二十五六年來事疾速倏忽如一寐往日來日皆瞥然胡爲自苦於其間樂天樂天可不大哀而今而後汝宜飢而食渴而飲晝而興夜而寢無浪喜無妄憂病則卧死

則休此中是汝家此中是汝鄉汝何捨此而去自取其遑遑遑遑兮欲安往哉樂天樂天歸去來

八漸偈 并序

唐貞元十九年秋八月有大師曰凝公遷化于東都聖善寺塔院越明年二月有東來客白居易作八漸偈偈六句四言以讚之初居易常求心要於師師賜我八言焉曰觀曰覺曰定曰慧曰明曰通曰濟曰捨繇是入於耳貫於心達於性于茲三四年矣嗚呼今師之報身則化師之八言不化至哉八言實貫無生忍觀之漸門也故自觀至捨次而讚之廣一言爲一偈謂之八漸偈蓋欲以發揮師之心教且明居易不敢失墜也旣而升于堂禮于牀跪而唱泣而去偈曰

觀偈

以心中眼觀心外相從何而有從何而喪觀之又觀則辯眞妄

覺偈

惟眞常在爲妄所蒙眞妄苟離覺生其中不離妄有而得眞空

定偈

眞若不滅妄即不起六根之源湛如止水是爲禪定乃脫生死

慧偈

慧之以定定猶有繫濟之以慧慧則無滯如珠在盤盤定珠慧

明偈

定慧相合合而後明照彼萬物物無遯形如大圓鏡有應無情

通偈

慧至乃明明則不昧明至乃通通則無㝵無㝵者何變化自在

濟偈

通力不常應念而變變相非有隨求而見是大慈悲以一濟萬

捨偈

衆苦既濟大悲亦捨苦既非真悲亦是假是故衆生實無度者

繡阿弥陀佛賛并序

繡西方阿弥陀佛一軀女弟子京兆杜氏奉爲妣范陽縣太君盧夫人八月十一日忌辰所造也五綵莊嚴一心恭敬願追冥福誓報慈恩

賛曰

善始一念　千念相屬　繡始一縷　萬縷相續　功績成就

相好具足　金身螺髻　玉毫紺目　報罔極恩　薦無量福

繡觀音菩薩像賛并序

故尚書膳部郎中太原白府君諱行簡妻京兆杜氏奉爲府君祥齋敬繡救苦觀音菩薩一軀長五尺二寸闊一尺八寸紉針縷綵絡金綴珠衆色彰施諸相具足發弘願於哀懇薦景福於幽靈稽首焚香跪而賛曰

集萬縷兮積千針　勤七指兮虔一心　嗚呼鑑悲誠而介冥福

實有望於觀音

畫水月菩薩贊

淨淥水上　虛白光中　一覩其相　萬緣皆空　弟子居易
誓心歸依　生生劫劫　長爲我師

白氏文集卷第三十九

白氏文集卷第四十

哀祭文凡十四首

祭廬山文　祭李侍郎文

禱仇王神文　祈皐亭神文

龍文　浙江文

哀二良文并序

承相隴西公出鎮于汴州軍司馬御史大夫陸長源實左右之三年而軍用寧司空南陽公作藩于徐州軍副使祠部員外郎鄭通誠實先後之三年而民用康既且十五年春隴西薨洎辰而師亂大夫以直道及禍十六年夏南陽薨翌日而難作員外以危行遇害惜乎大夫人之望也員外國之良也咸克絜于身儉于家勤于邦又申之以言行文學智謀政事故其歷要官參劇務如刃劒發鉶劃而無滯如鐘磬在懸動而有聲識者以爲異時登天子股肱耳目之任必能經德秉哲紹復隴西南陽之事業以藩輔王家嗚呼吉人宜將鍾奕葉之慶而不免及身之禍天乎報施之朕

何其昧歟昔詩人有黃鳥之章以哀三良不得其死今斯文亦以哀
二良其篇云
伊大化之無形兮浩浩而茫茫中有禍身兮若機之張梁之乱兮
陸受其毒徐之難兮鄭罹其殃惟善人兮邦之紀綱邦之瘁
兮而人先亡謂天之惡下民兮胡爲生此忠良謂天之愛下民兮胡
爲生此豺狼我欲揩冥冥問蒼蒼蒼蒼之不可問兮俾我心之
盡傷悲夫而今而後吾知夫天難忱而命靡常

城北門文　爲濠州刺史作

具年月日某官某敬以醴幣于外城北門某聞北廓四門之神
有水旱之灾於是乎禜之今年春天作淫雨將害于農埶于民
惟城積陰之氣惟北太陰之位是用昭告于城之北門惟門有神
裁之某以天子休命殿于是邦大懼天厲之不時俾黎民阻飢
敢以正辭告神神若之何不聽敢以至誠感神神若之何不弔

尚克陰沴不作時陽咸若百穀用成庶民用寧實惟鄘之神
門之靈於戲北鄘北門之神明聽斯言罔俾雨水昏墊以作某
之憂神之羞

祭符離六兄文

維貞元十七年某月某日從祖弟居易等謹祭于符離主簿六
兄之靈嗚呼聖忘情愚不及情情所鍾者唯居易與兄豈不以
親莫愛於弟兄別莫痛於死生斯親也而有斯別也孰能不哀從
中來而失聲去年春居易南遊兄亦東適黟歙之間欣然覿相
顧笑語相勉行役中路遽別情甚感激孰知此別爲生死隔兄
遇疾于路路無藥石歸全于家家無金帛環堵之室不容弔客稚
齒之子未知哀戚自古孔懷之痛亦莫我之與劇古人有言神福
仁天福謙又曰惡有餘殃善有餘慶惟兄道源乎大和德根乎至
性以孝友肥其身以仁信羶其行而位不登於再命年不及於知命

何報施之我欺俾吾兄之不幸嗚呼已焉哉既卜遠日既宅新阡春草之中畫爲墓田濉水南岸符離東偏其地則邇其别終天惟弟與家人儼拜哭於車前魂兮有知鑑斯文歆斯筵知居易之心煢煢然

祭楊夫人文

維元和二年歲次戊子八月辛亥朔十九日己巳將仕郎守左拾遺翰林學士太原白居易謹以清酌庶羞之奠敬祭于陳氏楊夫人之靈惟夫人柔明治性温恵保身靜修言容動中規度洎承訓師氏作嬪良人茂四德而蘭幽有香潔百行而玉立無玷發爲淑問著爲芳猷姻族有輝閨闈是式噫福仁何昧積慶無徵宜享永年遽歸長夜浮生若此永痛如何嗚呼生必有涯人誰不没所甚感者其唯情乎故事劇者情易鐘感深者理難遣夫人雖宜其室貢未辭家蓄和順之誠不得施於娣姒藴孝

敬之德不得展於舅姑有志莫伸何恨過此況一嬰沈痼自夏徂秋伏枕七旬姊妹視疾歸櫬千里弟兄主喪凋桃李之花夫遠不見失乳哺之愛女小未知乃使哀情倍鍾血屬洛川迢遞秦野蒼茫日慘不光雲愁無色姊妹且病親老尤慈哭別一聲聞者腸斷居易早聆懿範近接嘉姻維私之眷每深有慟之情何巳敬陳薄奠庶鑒悲誠尚饗

祭小弟文

維元和八年歲次癸巳二月某朔二十五日仲兄居易季兄行簡以清酌之奠致祭于亡弟金剛奴嗚呼川水一逝不復再還手足一斷無因重連惟吾與爾其苦亦然黃壚白日相見無緣每一念至腸熱骨酸如以刀火刺灼心肝況爾之生生也不夭苗而不秀乃九歲夭焉昔權殯爾濉南古原今改葬爾渭北新阡祔先塋之北次就卑位於東偏冀神魂之不孤庶窀穸之永安嗚呼自爾捨我

歸于下泉日來月往二十二年吾等罪逆不孝殃罰所延一別尒後再罹凶艱衮心垢面泣血漣漣松檟之下其生尚殘昔尒孤於地下今我孤於人間與其偷生而孤苦不若就死而團圓欲自決以毀滅又傷孝於歸全進退不可中心煩冤仰天一號痛苦萬端嗚呼尒魂在几尒骨在棺吾親奠醊於尒牀前苟神理之有知豈不聞吾此言尚饗

祭烏江十五兄文　時在宣城

維貞元十七年七月七日從祖弟居易謹以清酌庶羞之奠敬祭于故烏江主簿十五兄之靈易云積善之家必有餘慶書曰非天夭人人中絕命則冉求斯疾顏回不幸何繆舛之若斯諒聖賢之同病惟兄之生生而不辰孩失其怙幼喪所親旁無弟兄藐然一身自強自立以至成人蓋以孤孑靡託孝友弥敦自居易與兄及高九行簡雖從祖之昆弟甚同氣之天倫故雖一百里信

宿之別曷常不惻然而悲乎矧終天之永訣知後期而無因
徒撫膺而隕涕諒沈痛之難伸追思乎早歲離阻各悲零傳
中年集會共喜長成同參選於東都俱署吏於西京居則共被
而寢出則連騎而行友于四人同年成名優遊笑傲怡怡弟兄
雖不侔八龍三虎亦自謂當家一時之榮及兄辭滿淮南薄
遊江東居易亦以行邁忽逆旅而逢或酒或歌宴衎從容何朝
不遊何夕不同常以兄仁信根于心孝悌積于躬謂至行之有荅必
景福以來從嗚呼位始及一命祿未遇數鍾年及不得四十而歿
於道途之中鬱壯志而不展結幽憤於無窮況舊業東洛先塋
北邙三千里外身歿陵陽有妹出嫁無男主喪悠悠孤旐未辦還鄉
宣城之西荒草道傍旅殯於此行路悲涼秋風蕭蕭白日無光
聚今晨之弟姪對前日之盃觴稽首再拜魂兮來享進三奠而
退一慟孰不神酸而骨傷哀哉伏惟尚饗

祭浮梁大兄文 時在九江

維元和十三年歲次丁酉閏五月己亥居易等謹以清酌庶羞之奠再拜跪奠大哥于座前伏惟哥孝友慈惠和易謙恭發自修身施於爲政行成門内信及朋僚廉幹露於官方温重形於酒德奠資福履保受康寧不謂纔及中年始登下位辭家未踰數月寢疾未及兩旬皇天無知降此凶酷交遊行路尚爲興歎骨肉親愛豈可勝哀舉聲一號心骨俱碎今屬日時叶吉窀穸有期下邽南原永附松櫝居易負憂繫職身不自由伏枕之初既闕在左右執紼之際又不獲躬親痛恨所鍾倍百常理嗚呼追思曩昔同氣四人泉壤九重剛奴早逝巴蜀萬里行簡未歸煢煢然一身漂棄在此自哥至止形影相依死灰之心重有生意豈料避弓之日毛羽摧穨垂白之年手足斷落誰無兄弟孰不死生酌痛量悲莫如今日宅相癡小居易無男撫視之間過於猶子其餘情

禮非此能申伏冀慈靈俯鑒悲懇哀纏痛結言不成文嗚呼

哀哉伏惟尚饗

祭匡山文

維元和十二年歲次丁酉二月辛酉朔二十一日將仕郎守江州司馬白居易謹以清酌之奠敢昭告于匡山神之靈恭惟神正直聰明扶持匡廬福利動植居易賦命蹇連與時參差願於靈山棲此陋質遺愛寺側既置草堂欲居其中參禪養素而開（犯御名）池宇在神域中往來道途由神門外輒用酒脯告虔于神神其聽之歆此薄奠非敢徼福所期薦誠尚饗

祭廬山文

維元和十二年歲次丁酉二月二十五日乙酉將仕郎守江州司馬白居易以香火酒脯告于廬山遺愛寺四旁上下大小諸神居易夙聞匡廬天下神秀幸因佐官得造茲山又聞永遠宗雷同居

于是道俗並處古之遺風而遺愛西偏鄭氏舊隱三寺長老招予此居創新堂宇跡舊泉沼或來或往棲遲其間不唯躭翫泉石以樂野性亦欲擺去煩惱漸歸空門儻秩滿以來得以自遂餘生終老願託於斯今葺犯御名既成遊息方始爰以潔蔚薦茲馨香不敢媚神不敢禳福但使沴厲不作魑魅不逢猛獸毒蟲各安其所苟人居之靜謐則神道之光明齋心露誠庶幾有荅尚饗

祭李侍郎文

維長慶元年歲次辛丑五月景申朔十日乙巳中散大夫守中書舍人翰林學士上柱國賜紫金魚袋元稹朝議郎守尚書主客郎中白居易謹以清酌庶羞之奠敬祭于故刑部侍郎贈工部尚書隴西李公杓直之靈於戲代重名義公能佩服德潤行擅溫溫郁郁凡饗善者如蝿慕羶肉時重爵位公負楨幹春秋天官是攝是替尚書六職公理其半朝重文翰荊公掌詔令西閣絲言內

庭齋命公實出入迭操二柄家重隆盛公既陳許兩攄中臺差
肩接武青幢赤茀叔出季處門重婚嗣公娶令族鏘鏘振振
和鳴似續男女七人五珠二玉年重壽考公亦云老心雖壯健鬢已華
皓五十加八亦不爲夭人重康寧公體豐盈迨乎奄忽亦失和平啓
手足夜無呻吟聲古稱五福公有七福凡人得一死猶瞑目矧公兼
之豈有不足所不足者不在其身怏怏惻惻其在他人爲門戶惜主
爲骨肉惜親爲吾儕惜良友爲朝廷惜賢臣況稹也不才居易
無似辱與公游十九年矣昔貞元歲俱初筮仕並命同官蘭臺令
史以公明達以我頑鄙度長絜能信非倫擬一言暱合不知所以
莫逆之交實從茲始清渭閒登近遭罹讒毀江澧通州左遷萬里
或合或散一伏一倚浩浩世途是非同軌齒牙相軋波瀾四起公獨
何人心如止水風雨如晦雞鳴不已不因紛阻孰辯君子以膠投漆如
弧有矢所以綢繆見于生死前年去年次第徵還或先或後俱到

長安水流火就松茂栢權置酒欲歡握手何言初論瘴癘次敘艱難三忝六眼同一潸然稹與居易旋登禁掖公領銓衡職勤務劇私室多故公門少隙歡會寶稀光陰虛擲不相勸勉急務歡適且曰朱顏巳去白日可惜花寺春朝松園月夕大開口笑滿酌酒喫言約則然怨期未獲嗚呼杓直而忍遺我棄我何處捨我何之豈反眞歸　莫然而無所爲將精多魂强的然而有所知悅如聞兮倏如覩未甘心於永辭彼有靈兮此有夢胡不一來兮質我疑逝川渺其不迴日月忽乎有時指岐下以歸祔備大葬之威儀禮有進而無退祖於庭而送之繖旌竿舉兮轜輪動逐不得少留乎京師嗚呼杓直其臨奠于茲爵盈不飲豆乾不食如之何勿思公兒號我公馬嘶我如之何勿悲嗚呼杓直已而已而哀哉尚饗

禱仇王神文

維長慶二年歲次癸卯八月癸未朔十七日己亥朝議大夫使持節

杭州諸軍事守杭州刺史上柱國白居易謹遣朝議郎行餘杭縣令常師儒以清酌之奠敬祭于仇王神嘗聞神者所以司土地守山川禽獸福生人也餘杭縣自去年冬逮今秋虎暴者非一神其知之乎人死者非一神其念之乎居易與師儒猥居牧宰慙無政化不能使渡江出境是用虔告于神惟神廟居血食非人不立則人神之主也獸神之屬也今縱其屬殘其主於神何利焉於人何辜焉若一昔之後神其有知即能輝靈申威服猛禁暴是人之福幸亦神之昭昭若人告不聞獸害不去是無神也人何望哉嗚呼正直聰明盍鑒於此尚饗

祈皐亭神文

維長慶二年歲次癸卯七月癸丑朔十六日戊辰朝議大夫使持節諸軍事守杭州刺史上柱國白居易以酒乳香果昭告于皐亭廟神去秋愆陽今夏少雨實憂災沴重困杭人居易忝奉詔

條愧無政術既逢愆序不敢寧居一昨禱伍相神祈城隍祠靈雖應期雨未霑足是用撰日祗事改請于神恭聞明神稟靈於陰祗資善於釋氏聰明正直潔靖慈仁無幽不通有感必應今請齋心虔告神其鑑之若四封之間五日之內雨澤霈足稼穡滋稔敢不增修像設重薦馨香歌舞鼓鐘備物以報如此則不獨人之福亦惟神之光若寂寥自居肹蠁無應長吏虔誠而不荅下民顒望而不知坐觀田農使至枯悴如此則不獨人之困亦唯神之羞惟神裁之敬以俟命尚饗

祭龍文

維長慶三年歲次癸卯八月癸未朔二日甲申朝議大夫使持節杭州諸軍事守杭州刺史上柱國白居易率寮吏薦香火拜告于北方黒龍惟龍其色玄其位坎其神壬癸與水通靈昨者歷禱四方寂然無應今故虔誠潔意改命於黒龍龍無水欲何依

神無靈將恐歇得能救物我實有望於龍物不自神龍豈無求於我若三日之內一雨霶霈是龍之靈亦人之幸礼無不報神其聽之急急如律令

祭浙江文

維長慶四年歲次甲辰五月己酉朔四日壬子朝議大夫使持節杭州諸軍事守杭州刺史上柱國白居易謹以清酌少牢之奠敢昭告于浙江神滔滔大江南國之紀安波則為利洚流則為害故我上帝命神司之今屬潮濤失常奔激西北水無知也如有憑焉侵淫郊鄽壞敗廬舍人墜墊溺顧天無辜居易祗奉璽書興利除害守土守水職與神同是用備物致誠躬自虔禱庶俾水反歸壑谷遷為陵土不騫崩人無蕩析敢以醴幣羊豕沉奠于江惟神裁之無忝祀典尚饗

白氏文集卷第四十

白氏文集卷第四十一

碑碣凡六首

有唐善人墓碑

唐有善人曰李公公名建字杓直隴西人魏將軍申公發公十五代祖也周柱國陽平公遠六代祖也綏州刺史明高祖也太子中允進德曾祖也緜州昌明令珍王大父也雅州別駕贈礼部尚書震考也贈博陵郡太君崔氏妣也陳許節度礼部尚書遜兄也渭

源縣君房氏妻也容管招討使濟外舅也長慶元年二月二十
三日夜無疾即世于長安修行里第是歲五月二十五日歸祔于
鳳翔某縣某鄉某原之先塋春秋五十八有二女五男曰訥朴
恪慤碩公官歷校書郎左拾遺詹府司直殿中侍御史比部
兵部吏部員外郎兵部吏部郎中京兆少尹澧州刺史太常少
卿禮部刑部侍郎工部尚書職歷容州招討判官翰林學士鄜
州防禦副使轉運判官知制誥吏部選事階中大夫勲上柱國
爵隴西縣開國男有史官起居郎渤海高錢作行狀翰林學士
中書舍人河南元稹作墓誌有尚書主客郎中知制誥太原白居
易作墓碑大署其碑曰善人墓善人者何公幼孤孝養太君太君
老疾常曰倭子勸吾食吾輒飽勸吾藥吾意其疾瘳倭子公小
字也及長居荊州石首縣其居數百家凡爭鬬稍稍就公決公隨而
評之寖及鄉人不詣府縣皆相率曰請問李君公養有餘力讀書

屬文業成與兄遜起應進士俱中第爲校書時以文行聞故德
宗皇帝擢居翰林翰林時以視草不詭隨退官詹府詹府時皆貞
恬自處不出戶輒逾月鄜師路恕高旻之欅音拜請爲副在鄜時有非
類者至以病去爲御史時上任有過其行事者作謬官詩以諷
爲吏部郎時調文學科暨利課高者得無停年又省成勞急歲
狀限繇是吏史輩無緣爲姦訖今選部用其法知制誥時筆削間
有以自是不屈者因請告改少尹少尹時與大議歲減府稅錢十
三萬在澧時不鞭人不名吏居歲餘人人自化在禮部時由文取生
不聽譽不信毀公爲人質良寬大體與用綽然有餘裕爲政廉
平易簡不求赫赫名與人交外淡中堅接士多可而有別稱賢薦
能未常倦好議論而無口過遠邪諛而不忤物其居家菲衣食厚
賓客敬兄嫂禮妻子愛甥姪初先太君好善佛書不食肉公不忍
違其志亦終身蔬食自八九歲時始諷畢書盡得其義善理王氏

易左氏春秋前後著文凡一百五十二首皆詣理撮要詞無枝葉
其卓然者有詹事府司直比部員外郎廳記請雙日坐䟽與梁
肅書上宰相論選事狀秉筆者許之甍之日不識者惜識者
嘆交遊出涕執友慟夫如是其善人乎傳曰善人國之紀也語曰
善人吾不得而見之矣噫善人之稱難乎哉獨加於公無愧焉
銘曰古者墓有表表有云顯其行省其文故季札死仲尼表其
墓曰君子今吾喪李君署其碑曰善人嗚呼李君有知乎無知乎
君之名與此石俱

唐故通議大夫和州刺史吳郡張公神道碑銘并序

張之爲著姓尚矣自漢太傅良侍中紘晉司空華丞相嘉以降
勳賢軒冕歷代不乏紘避地渡江始居于吳故其子孫稱吳郡
人嘉以孝悌聞于郡故其所居號孝張里嘉之曾孫裕在宋爲
司徒即公五代祖也司徒之孫儔在隋爲吳郡都督即公曾王

父也台州臨海令諱鵾即公王父也袁州司馬諱考績即公皇考也或以人物著或以閥閱稱迄今爲江南右族諱無擇字無擇未冠丁袁州府君憂廬于墓晝號而夜泣者三年矣有靈芝之醴泉出焉既冠好學能屬文從鄉賦登經第應制舉中精通經史科補弘文館校書郎調左金吾録事換杭州録事參軍在杭州前後詰僞制補吏者三十八人駁假年侍老者二千人舉而正之人伏其明會劉幽求來爲刺史舉課聞詔授絳州録事參軍絳之郡有豪猾者怙寵侮法豪家奪人利公數其罪露章奏之章下丞相姚元崇奇之致書褒美尋改太原府功曹參軍給事中張昶爲江淮安撫使表公正直奏置部從事吏部尚書陸象先爲河東按察使狀公清白奏授懷州獲嘉（今在獲嘉縣）茹柔得人心以不吐剛得罪縣是左遷鄂州司馬移深州司馬轉虢州長史時上方思理詔求二千石之良者時宰以公褰詔擢拜和州刺史公在郡奉詔

條鄉人隱而已不知其他無何水潦害農公請蠲穀籍之損者什七八時李知柔爲本道採訪使素不快公之剛直密疏誣奏以附下爲名遂貶蘇州別駕老幼攀泣而遮道者數百人信宿方得去移曹州別駕歲餘謝病歸老于家天寶十三載正月二十日終于東都利仁里私第其年二月十二日葬于河南府伊闕縣中李原享年八十三噫公生天地間八十有三年可謂壽矣其間當明皇帝馭天下四十有五年可謂時矣有其才得其壽逢其時然職不過陪臣秩僅至郡守凡所貯蓄鬱而不舒嗚呼其命也夫公之文學常爲賀知章賈彥璿許之公之諒直常爲李邕張庭珪稱之公之政事又爲劉姚張陸推之夫以八君子之力援之而不足以一知柔之力排之而有餘尼窮不振以至没齒嗚呼其命也夫古人云道不虛行又云其後必有達者故公之子大理評事誠以節行聞于時公之孫戶部侍郎平叔以才

位光于國報施之道信昭昭矣不在其身則在子孫相去幾何哉長慶三年某年月某日平叔奉祖德碣之居易據家狀序而銘之其詞曰

有木有木碩大而長破爲桷杙不作棟梁有驥有驥規行矩步辱在短轅不駕大輅嗚呼噫嘻公亦如之將時不遇我而我不遇時多謂已矣天錫多祉既賢其子以濟其美又才其孫以大其門苟無先德孰啓後昆

唐贈尚書工部侍郎吳郡張公神道碑銘 并序

有唐嶺南觀察推官試大理評事吳郡張公大曆三年十一月八日終于伊川别墅五年八月七日葬于伊闕縣中李原春秋五十五元和十三年詔贈主客員外郎明年贈太常少卿又明年贈尚書工部侍郎夫人吳郡陸氏貞元二年某月某日終于某所春秋六十六追封嘉興縣太君又封吳郡太夫人嗣子通議大夫守尚

書戶部侍郎判度支上柱國賜紫金魚袋平叔以長慶二年
某月某日立神道碑太原白居易文其碑云公諱誠字老萊吳
郡人父諱無擇和州刺史祖諱孝績袁州司馬由高曾而上世德
世祿載在和州府君碑內此不書公年十八以通經中第及調判入高
等授蘇州長洲尉秩滿丁先府君憂既禫又丁先太夫人憂泣血
六年哀毀過制以方寸再亂殆無宦情既除喪退居不調者累年
而親友以大義敦責不得已而復起選授左武衛騎曹參軍分
司東都屬安祿山陷覆洛京以僞職淫刑脅劫士庶公與同
官范陽盧巽潛遁于陸渾山食木實飲泉水者二年訖不
爲逆命所汙及肅宗嗣位詔河南尹薛伯連搜訪不仕賊庭隱
藏山谷者伯連得六人以應詔而公與巽在焉繇是名節聞于
朝野君子以爲知道優詔褒美特授密縣主簿未周歲遷宋州
碭山縣令時睢陽當大兵後野無草里無人公撫之一年襁負至三年

汧萊闢三年衣食足及解印去縣民相率泣而餞之君子以爲知政嶺南節度觀察使李勉偉人也旣高公陸渾之節又美公碭山之政欲以名職禮命起而大之遂奏授試大理評事兗觀察推官及除書簡牒到門即公捐館舍之明日也才如是命如是嗚呼哀哉公嘗自負其才不後於人自疑其命不偶於世及將去碭山而反伊川也頓駕搦管沈歎久之因賦詠懷詩云論成方辯命賦罷即歸田竟如是言終于衡茅之下君子以爲知命公有三子曰平仲平叔平季夫人陸氏即國子司業集賢殿學士善經之女賢明有法度初公旣歿諸子尚幼夫人勤求衣食親執詩書諷而導之咸爲令子又常以公遺志擇其子而付之故平叔卒能振才業致名位追爵命碣碑表繼父志揚祖德此誠孝子順孫之道也亦由夫人慈善教誘之德浸漬而成就之不其然乎居易常辱與戶部游而知其家事洽見託譔述庶傳信焉銘曰

猗嗟碭山以文行保家聲以義節振時名以惠政撫縣民而職不發諸侯卿秩不及廷尉評悲哉猗嗟碭山前有和州名德如彼後有戶部才位若此才子之父名父之子賢者兼之可謂具美休哉

傳法堂碑

王城離域有佛寺號興善寺之次也有僧舍名傳法堂先是大徹禪師宴居于是寺說法于是堂因名曰焉有問師之名迹曰號惟寬姓祝氏衢州信安人祖曰安父曰皎生十三歲出家二十四具戒僧臘三十九報年六十三終興善寺葬灞陵西原詔謚曰大徹禪師元和正直之塔云有問師之傳授曰釋迦如來欲涅槃時以正法密印付摩訶迦葉傳至馬鳴又十二葉傳至師子比丘及二十四葉傳至佛馱先那先那傳圓覺達摩達摩傳大弘可可傳鏡智璨璨傳大醫信信傳圓滿忍忍傳大鑒能是爲六祖能傳南岳讓讓傳洪州道一一謚曰大寂寂即師之師貫而次之其傳授

可知矣有問師之道屬曰自四祖以降雖嗣正法有家嫡而支派者猶大宗小宗焉以世族譬之即師與西堂藏甘泉賢勒潭海百巖暉俱父事大寂若兄弟然章敬澄若從父兄弟徑山欽若從祖兄弟鶴林素華嚴寂若伯叔然當山忠東京會若伯叔祖嵩山秀牛頭融若曾伯叔祖推而序之其道屬可知矣有問師之化緣曰師爲童男時見殺生者盭然不忍食退而發出家心遂求落髮於僧曇受尸羅於僧崇學毗尼於僧如證大乘法於天台止觀成最上乘道於大寂道貞元六年始行於閩越間歲餘而迴心改服者百數七年馴猛虎於會稽作滕家道場八日與山禪受八戒於鄱陽作迴向道場十三年感非人於少林寺二十一年作有爲功德於衛國寺明年施無爲功德於天宮寺元和四年憲宗章武皇帝召見於安國寺五年問法於麟德殿其年復靈泉於不空三藏池十二年二月晦大說法於是堂說訖說化其化緣云爾有問師之心要曰師行禪演法垂三十年

度白黑衆殆百千萬億應病授藥安可以一說盡其心要乎然居
易爲賛善大夫時常四詣師四問道第一問云旣曰禪師何故
說法師曰無上菩提者被於身爲律說於口爲法行於心爲禪
應用有三其實一也如江湖河漢在處立名名雖不一水性無二律即是
法法不離禪云何於中妄起分別第二問云旣無分別何以修心師
曰心本無損傷云何要修理無論垢與淨一切勿起念第三問云垢
即不可念淨無念可乎師曰如人眼睛上一物不可住金屑雖珍寶在眼
亦爲病第四問云無修無念亦何異於凡夫耶師曰凡夫無明二乘執
著離此二病是名眞修眞修者不得勤不得妄勤即近執著忘
即落無明其心要云爾師之徒殆千餘達者三十九人其入室受道者
有義崇有圓鏡以先師常辱與予言知予嘗醍醐嗅薝蔔者
有日矣師旣歿後予出守南賓郡遠託譔述迨今而成嗚呼斯文
豈直起師敎慰門弟子心哉抑且志吾受然燈記記靈山會於將

来世故其文不避繁銘曰
佛以一印付迦葉至師五十有九葉　故名師堂爲傳法

唐撫州景雲寺故律大德上弘和尚石塔碑銘并序

元和十一年春廬山東林寺僧道深懷縱如建冲契宗一至柔以言語智則智明雲皐太易等凡二十輩與白黒衆千餘人俱賫持故景雲大德弘公行狀一通執錢十萬來詣潯陽府請司馬白居易作先師碑會有故不果十二年夏作石墳成復來請會有病不果十三年夏作石塔成又來請始從之既而僧反山衆反聚落錢反寺府翌日而文就明年而碑立其詞云爾

我聞竺乾古先生出世法法要有三曰戒定惠戒生定定生惠惠生八萬四千法門是三者迭爲用若次第言則定爲惠因戒爲定根定根植則苗茂因樹成則果滿無因求滿猶夢果也無根求茂猶揠苗也雖佛以一切種智攝三界必先用戒菩薩以六波羅蜜化四

生不能捨律律之用可思量里不可思量如來十弟子中稱優波離善持律波離滅有南山大師得之南山滅有景雲大師得之師諱上弘姓饒氏曾祖君雅祖公悅父知恭臨川南城人童而有知故生十五歲發出家心始從舅氏剃落壯而有立故生十五歲立菩提願從南岳大圓大師具戒樂其所由故大曆中不去父母之邦請隸于本州景雲寺修道應無所住故貞元初離我我所從君洪州龍興寺說法親近善知識故與匡山法真天台靈裕荊門法裒暨興果神湊建昌惠進五長老交遊佛法屬王臣故與姜相國公輔太師顏眞卿暨本道廉使楊君憑韋君丹四君子友善提振禁戒故講四分律而從善遠罪者無央數隨順化緣故坐甘露壇而誓衆生盟者二十年荷擔大事故前後登方等施尸羅者十有八會救拔羣生故娑婆男女曰我得度者萬五千七十二人示生無常故元和十年十月己亥遷化于東林精舍示滅有所故是月丙寅歸于

南岡石墳住二十七年七歲安居六十五夏自生至滅隨迹示教行止語嘿無非佛事夫施於人也博則反諸己也厚故門人鄉人輒如不及谿是藝松成林琢石爲塔塔有碑碑有銘曰

佛滅度後　薝蔔香衰　醍醐味醨　誰反是香　誰復是味　景雲大師
景雲之生　一匡苾蒭　中興毗尼　景雲之滅　衆將安仰　法將疇依
昔景雲來　道行者隨　踐迹者歸　今景雲去　升堂者思　入室者悲
鑪峯之西　虎谿之南　石塔巍巍　有記事者　以實其辭　書于塔碑

唐江州興果寺律大德湊公塔碣銘并序

如來滅後後五百歲有持戒見性者曰興果律師師姓成號神湊京兆藍田人既出家具戒於南岳希操大師參禪於鍾陵大寂大師志在首楞嚴經行在四分毗尼藏其他典論以有餘力通大曆八年制懸經論律三科策試天下僧師中等得度詔配江州興果寺後從僧望移隸東林寺即匡廬門遠大師舊道場有甘露壇白蓮

池在焉師既居是寺興佛事元和十二年九月七日犯御嫌名疾二十六日及
其十月十九日遷全身于寺道北祔鴈門墳左春秋七十四夏臘
五十一日至乎哉師本行也以精進心脩不退輪以勇徤刀撾無畏鼓
故登壇進律鬱彰爲法將者垂三十年領羯磨會十三化大衆萬數
儀範所攝惠用所誘貴高憎慢罔不降伏其威重如是自興果
訖東林一盂齋一榻居衣麻寢菅如坐漆寶貝繇是名聞檀施來無
虛月盡歸寺藏與大衆共之迨啓手足日前無長物其簡儉如是
師心行禪身持律起居動息皆有常節雖浮寒隆暑風雨黑夜
捧一鑪秉一燭行道礼佛者四十五年凡十二時未嘗闕一其精勤如
是師既疾亟四大將壞無戀著念無厭離想郡太守門弟子進
醫饋藥者數四師頷之云報身非病焉用是爲言訖趺坐恬
然就化其了悟如是門人道建利辯元寀元揔等封墳建塔思
有以識之以先師常辱與予游託爲銘碣初予與師相遇如他

生舊識一見許合不知其然及遷化時予又題四句詩爲别蓋欲
會且刖心集後緣也不能改作因取爲銘曰
本結菩提香火社共嫌煩惱電泡身不須戀戀從師去先請西方
作主人

白氏文集卷第四十一

白氏文集卷第四十二

墓誌銘凡七首

故賢妃京兆韋氏墓誌銘并序

故會王墓誌銘并序

故滁州刺史贈刑部尚書滎陽鄭公墓銘并序

河南元府君夫人滎陽鄭氏墓誌銘并序

維陽掾太原王府君墓誌銘 并序

鄜城縣尉陳府君夫人太原白氏墓誌銘 并序

太原白氏之殤墓誌銘 并序

大唐故賢妃京兆韋氏墓誌銘 并序

德宗聖文神武皇帝元妃韋氏諱某字某京兆人也曾祖某某官祖某某官父某某官妃即某官府君第某女也母曰永穆公主元和四年四月某日妃薨于某所以其年四月某日詔葬于萬年縣上好里洪平原上悼焉哀榮之禮有以加焉嗚呼惟韋氏代德官業族系婚戚有國史家諜存焉今奉詔但書地及時與妃之所以曰賢之義而已貞元中沙麓上仙長秋虚位凡六十九御之政多聽於妃妃先以采蘩之誠奉于上故能霜露之感薦于九廟次以樛木之德逮于下故能分雲雨之澤洽于六宮其餘坐論婦道行贊内理服用必中度故組紃有常訓言動必中節故環珮有常聲七十

二年禮無違者冊命曰賢不亦宜哉貞元中號奉宮車誓留園寢麻衣告朔蓬首致哀執匪懈之心視奠於靈坐修無上之道薦福于崇陵殆茲歿身不衰其志故葬之日掌文之臣白居易得以無媿之詞誌于墓而銘曰

京兆阡兮洪平原兮歲己丑兮日丁酉兮惟土田兮與時日龜兮著兮偕言吉峨峨新墳兮葬者誰德宗皇帝韋賢妃

唐故會王墓誌銘 并序

唐元和五年冬十一月四日會王寢疾薨于內邸大小斂之日上皆不舉樂不坐朝恩也越十二月十八日詔京兆尹播監視葬事窆之于萬年縣崇道鄉西趙原禮也是日又詔翰林學士白居易爲之銘誌故事也王諱纁字某德宗之孫順宗之子陛下之弟幼有令德早承寵章未冠而王受封曰會夫以祖功宗德之慶父天兄日之貴胙土列藩之寵好德樂善之賢宜乎壽考福延爲王

室輔嗚呼降年不永二十一而終哀哉皇帝厚惇睦之恩深友悌之愛故王之薨也軫悼之念有加於常情王之葬也遣奠之儀有加於常數哀榮兼備斯其謂乎銘曰

歲在寅月窮紀萬年縣崇道里會王薨葬於此

故滁州刺史贈刑部尚書滎陽鄭公墓誌銘 并序

周宣王封母弟淵聖御名公于鄭厥後因封命氏為滎陽人鄭自淵聖御名公而下平簡公而上世家婚嗣咸詳于史諜故不書公諱某字某五代祖諱某北齊尚書令是為平簡公曾祖諱某下邽郡太守王父諱某衛州刺史皇考諱某秘書郎贈鄭州刺史公即秘書第三子好學攻詞賦進士中第判入高等始授鄜城尉無何本郡守移他鄉州民有暴悖者相率遮道麾訶不去公忿其犯上立斃六七人採訪使奇之奏署支使改浚儀主簿轉大理評事兼佐漕務彭果領五府奏公為節度判官會果坐贓連累僚佐貶光化尉移向城尉歷

北海時祿山始亂傳檄郡邑邑民孫俊鄧犀伽毆市人刼廩藏以
應公時已去秩因奮呼率寮吏子弟急擊之殺俊伽羅盡殲其
黨繇是一邑用寧朝廷美之擢授登州司馬尋轉長史累加朝
散大夫入爲太子左贊善大夫尚書屯田員外郎太子中允出攝淄
州刺史俄換萊州連有善最詔授檢校司勳郎中兼侍御史充青
萊登海密五州租庸使太尉李公光弼鎮徐州刺史充海密沂三州招
討使加正議大夫賜紫金魚袋公威惠舊著比至部而蒼山賊帥
李浩與其徒五千來降繇是三郡底定復入爲衛尉少卿相國王公
縉統河南奏公爲副元帥判官未幾除祕書少監兼滁州刺史
本州團練使居八載政績大成大曆十二年二月十五日薨于楊州
權窆于某所享年七十有八公凡七佐軍四領郡祿俸不積滯衣
食無常主常歎曰以飽暖活孀幼以清白貽子孫是吾心也逮啓手
足卒如其志先是太夫人常寢疾公衣不解帶髮不櫛者彌年侍疾

執喪憂毀過禮公尤善五言詩與王昌齡王之渙崔國輔輩聯唱迭和名動一時遠今著樂詞播人口非一晚賦思舊遊詩百篇亦傳於代前夫人清河崔氏贈清河郡太君後夫人博陵崔氏贈博陵郡君生子七人女七人長子雲達有才名官至刑部侍郎京兆尹公由京兆累贈至散騎常侍刑部尚書次子微終潤州司馬次子公達有至行初公年高就養不仕及居憂廬墓泣血三年淮南節度使本道黜陟使泉朝賢員袁高高參等累以孝悌稱薦鄉尚名教者慕之今爲侍御史上柱國滄景節度參謀次子方達衡州司士參軍次子震當陽丞次子文弼幽州參軍次子安達率府倉曹參軍公自捐館舍殆逾三紀家國多故未克反葬至元和年月日始遷兆于鄭州新鄭縣某原祔先秘書塋三夫人從焉時京兆已即世諸弟在下位獨侍御史銜恤襄事孝備始終見託追譔銘于墓石銘曰

世祿德門斯之謂可久懿文茂績斯之謂不朽二千石之祿七十八之年

斯之謂貴壽内史之顯揚柱史之孝行斯之謂有後嗚呼鄭公滎如是哀如是又何不足之有

唐河南元府君夫人滎陽鄭氏墓誌銘 并序

有唐元和元年九月十六日故中散大夫尚書比部郎中舒王府長史河南元府君諱寬夫人滎陽縣太君鄭氏年六十寢疾殁于萬年縣靖安里私第越明年二月十五日權祔于咸陽縣奉賢鄉洪瀆原從先姑之塋也夫人曾祖諱遠思官至鄭州刺史贈太常卿王父諱曦朝散大夫易州司馬父諱濟睦州刺史夫人睦州次女也其出范陽盧氏外祖諱平子京兆府涇陽縣令夫人有四子二女長曰泝蔡州汝陽尉次曰秬京兆府萬年縣尉次曰積同州韋城尉次曰稹河南縣尉長女適吳郡陸翰翰爲監察御史次爲比丘尼名眞一二女不幸皆先夫人殁府君之爲比部也夫人始封滎陽縣君從夫貴也稹之爲拾遺也夫人進封滎陽縣太君從子貴也天下有五

甲姓滎陽鄭氏居其一鄭之勳德官爵有國史在鄭之源流婚
（犯御諱名）有家諜在此部府君世祿官政文行有故京兆尹鄭雲逵之誌
在今所敘者但書夫人之事而已初夫人爲女時事父母以孝聞友
兄姊睦弟妹以悌閨門發自生知不由師訓其淑性有如此者夫人爲婦時
元氏世食貧然以豐潔家祀傳爲詁燕之訓夫人每及時祭則終夜
不寢煎和滌濯必躬親之雖隆暑沍寒之時而服勤親饋面無
怠色其誠敬有如此者元鄭皆大族好合而姻表滋多凡中外吉凶之
禮有疑議者皆質於夫人夫人從而酌之靡不中禮其明達有如
此者夫人爲母時府君既没積與稹方齠齔家貧無師以授業夫
人親執書誨而不倦四五年間二子皆以通經入仕稹既第判入等
授秘書省校書郎屬今天子始踐祚策三科以拔天下賢俊中
第者凡十八人稹冠其首焉由校書郎拜左拾遺不數月讜言直
聲動于朝廷以是出爲河南尉長女既適陸氏陸氏有舅姑多姻族

於是以順奉上以惠逮下二紀而歿婦道不褰內外六姻仰爲儀範非夫人恂恂孜孜善誘所至則曷能使子達於邦女宜其家哉其教誨有如此者旣而諸子雖迭仕祿稍甚薄每至月給食時給衣皆始自孤弱者次及疎賤者由是衣無常主厨無異膳親者悅疎者來故傭保乳母之類有凍餒垂白不忍去元氏之門者而況臧獲輩乎其仁愛有如此者自夫人母其家殆二十五年專用訓誡除去鞭扑常以正顏色訓諸女婦諸女婦其心戰兢如履于冰常以正辭氣誡諸子孫諸子孫其心愧恥若撻于市由是納下於少過致家於大和婢僕終歲不聞忿爭童穉成人不識檟楚閨門之內熙熙然如太古時人也其慈訓有如此者噫昔漆室緹縈之徒烈女也及爲婦則無聞伯宗梁鴻之妻哲婦也及爲母則無聞文伯孟氏之親賢母也爲女爲婦時亦無聞今夫人女美如此婦德又如此母儀又如此三者具美可謂冠古今矣嗚呼惟夫人道

移於他則何用而不臧乎若引而伸之可以肥一國焉則關雎鵲巢之化斯不遠矣若推而廣之可以肥天下焉則姜嫄文母之風斯不遠矣豈止於訓四子以聖善化一家於仁厚者哉居易不佞辱與夫人幼子稹爲執友故聆夫人美最熟稹泣血孺慕哀動他人託爲譔述書于墓石斯古孝子顯父母之志也嗚呼斯文之作豈直若是而已哉亦欲百代之下聞夫人之風過夫人之墓者使悍妻和嚚母慈不遜之女順云爾銘曰

元和歲丁亥春咸陽道渭水濱云誰之墓鄭夫人

唐揚州倉曹參軍王府君誌銘 并序 代裴頲舍人作

公諱某字士寬其先出自周靈王太子晉凡二十三代而生翦翦爲將軍又三世而生珣珣居太原故今爲太原人又十九代而生瓊瓊爲後魏僕射謚孝簡公又二代而生曾祖諱滿官爲河南府王屋縣令王父諱大璡爲嘉州司馬父諱昪爲京兆府咸陽令河南府

伊闕令有文行學術應制舉對沈謀秘略策登科詩入正聲
集公即伊闕第三子好學善屬文年舉貢中應明經舉及第選
授婺州義烏尉以清幹稱刺史韋之晉知之署本州防禦判
官無何租庸轉運使元載又知之假本州司倉專掌運務歲
終課績居多遂奏聞眞授永泰中勑遷越府戶曹屬邑有不
理者公假領之所至必理大曆中本道觀察使薛兼訓以公清白
尤異表奏之有詔權知餘姚縣令時海寇初殄邑焚田荒公乃營
邑室創器用復流庸闢菑畬凡江南列邑之政公冠其首其制
邑闢田增戶之績則會稽之諜地官之籍載焉建中初選
授揚州倉曹參軍至四年七月二十六日疾殁于江陽縣之私
第春秋六十二夫人淸河崔氏鳳閣舍人融之姪孫鄭州司法
昂之女婦順母訓中外師之貞元二十年十一月十三日疾終于三原
縣之官舍春秋六十二有子曰播曰炎曰起咸以進士舉及第播

應制舉對直言極諫策授集賢殿校書郎累遷監察殿中侍御史三原令炎既第未仕起應博學宏詞科選授集賢殿校書郎昆弟三人不十年而五登甲科時論者榮之一女適范陽盧仲通播等號護靈輿以永貞元年十月二十五日遷祔于京兆府富平縣淳化鄉之某原從吉兆也嗚呼夫懋言行著事業俾道積于躬者在人也踐大官贊元化俾功加于民者由命也有其人無其命雖聖與賢無可柰何維公受天地之和積爲行發爲文宣爲用故在家以孝友聞行己以清廉聞莅事以幹蠱聞如金玉在佩動而有聲其大者又常以經德秉哲致君濟人爲己任有識者深知之宜乎作王者心膂耳目之官以經緯其邦家而才爲時生道爲命屈名雖聞於天子位不過於陪臣欝欝然發而不展其用者命矣夫古人云有明德大智也若不當世其後必有餘慶今其將在後嗣乎不然者何乃德行政事文學之具美叢取乎公之三

子乎天其或者殆將肥王氏之家大王氏之門以甚明報施之道者也某不佞頃對策於王庭也與炎同升 諸科焉祗命於憲府也與播聯執其簡焉及爲考文之官也又起在選中焉辱與公之三子游而聆公之遺風甚孰故作斯文無隱情無愧辭焉銘曰

淮山道光淮水靈長繩繩子孫代有賢良將軍輔秦武功抑揚孝簡翊魏文德闡彰降及於公寔生于唐大智全才應用無方作掾于郡三語有章承之於邑一同載康展矣之人何用不臧宜登大位俾紹前芳嗚呼百鍊之金不鑄干將十圍之材不作棟梁公亦如之與世不當道不虛行後嗣其昌

唐故坊州鄜城縣尉陳府君夫人白氏誌銘并序

夫人太原白氏其出昌黎韓氏其適潁川陳氏享年七十唐和州都督諱士通之曾孫尚衣奉御諱志善之玄孫都官郎中諱溫之孫延安令諱鍠之第某女韓城令諱欽之外孫故鄜城尉諱潤

之夫人故潁川縣君之母故大理少卿襄州別駕白諱季庚之姑
前京兆府戶曹參軍翰林學士白居易前秘書省校書郎行簡
之外祖母也惟夫人在家以和順奉父母故延安府君視之如子旣笄
以柔正從人鄜城府君敬之如賓洎延安終夫人哀毁過禮爲孝女
洎鄜城殁夫人撫訓幼女爲節婦及居易行簡生夫人鞠養成人爲
慈祖母迨乎潔蒸嘗敬賓客睦娣姒工刀尺善琴書皆出於餘力
焉貞元十六年夏四月八日疾殁于徐州古豐縣官舍其年冬十一月
權窆于符離縣之南偏至元和八年春二月二十五日改卜宅兆于華州
下邽縣義津鄉北原卽潁川縣君新塋之西次從存殁之志居易等
號慕慈德敬譔銘誌泣血秉筆言不成文銘曰
恭惟夫人女孝而純婦節而溫母慈而勤嗚呼謹摭三德銘于墓
門恭惟夫人實生我親實撫我身欲養不待仰號蒼旻嗚呼豈
寸魚之心能報東海之恩

唐太原白氏之殤墓銘并序

白氏下殤曰幼美小字金剛奴其先太原人高祖諱志善尚衣奉御曾祖諱温都官郎中王父諱鍠河南府鞏縣令先府君諱季庚大理少卿山東別駕先太夫人潁川陳氏封潁川縣君幼美即第四子也既生而惠既孩而敏七歲能誦詩賦八歲能讀書鼓琴九歲不幸遇疾夭徐州符離縣私第貞元八年九月權窆于縣南原元和八年春二月二十五日改葬于華州下邽縣義津鄉北岡祔于先府君宅兆之東三十步其兄居易行簡藐然已孤扶哀臨穴斷手足之痛其心如初且號其銘誌于墓曰

嗚呼剛奴痛矣哉念爾九歲逝不迴埋魂閟骨長夜臺二十年後復一開昔葬符離今下邽魂兮魂兮隨骨來

白氏文集卷第四十二